AN EINEN PARTNER VERGEBEN

INTERSTELLARE BRÄUTE® PROGRAMM: BAND 2

GRACE GOODWIN

An einen partner vergeben Copyright © 2020 durch Grace Goodwin

Interstellar Brides® ist ein eingetragenes Markenzeichen von KSA Publishing Consultants Inc. Alle Rechte vorbehalten. Dieses Buch darf ohne ausdrückliche schriftliche Erlaubnis des Autors weder ganz noch teilweise in jedweder Form und durch jedwede Mittel elektronisch, digital oder mechanisch reproduziert oder übermittelt werden, einschließlich durch Fotokopie, Aufzeichnung, Scannen oder über jegliche Form von Datenspeicherungs- und -abrufsystem.

Coverdesign: Copyright 2020 durch Grace Goodwin, Autor
Bildnachweis: Deposit Photos: asherstobitov, frenta

Anmerkung des Verlags:
Dieses Buch ist für volljährige Leser geschrieben. Das Buch kann eindeutige sexuelle Inhalte enthalten. In diesem Buch vorkommende sexuelle Aktivitäten sind reine Fantasien, geschrieben für erwachsene Leser, und die Aktivitäten oder Risiken, an denen die fiktiven Figuren im Rahmen der

Geschichte teilnehmen, werden vom Autor und vom Verlag weder unterstützt noch ermutigt.

WILLKOMMENSGESCHENK!

TRAGE DICH FÜR MEINEN NEWSLETTER EIN, UM LESEPROBEN, VORSCHAUEN UND EIN WILLKOMMENSGESCHENK ZU ERHALTEN!

http://kostenlosescifiromantik.com

INTERSTELLARE BRÄUTE PROGRAMM

*D*EIN Partner ist irgendwo da draußen. Mach noch heute den Test und finde deinen perfekten Partner. Bist du bereit für einen sexy Alienpartner (oder zwei)?

Melde dich jetzt freiwillig!
interstellarebraut.com

GRACE GOODWIN

1

Meine Gedanken waren wie benebelt, als würde ich gerade aufwachen oder hätte zu viel Alkohol in mir. Aber der Nebel wurde schon bald von Empfindungen vertrieben. Ich war nackt und vornüber über eine Art harte Bank gebeugt. Meine Brüste schwangen unter mir im Rhythmus des Mannes, der kraftvoll seinen Schwanz tief in mich stieß. Das heiße, dehnende Gefühl entriss meiner Kehle ein Stöhnen. Ich schloss die Augen und genoss es, wie meine enge Pussy sich um seinen dicken Schwanz zusammenzog und bebte. Er stand hinter mir und ich sehnte mich danach, sein Gesicht zu sehen, zu wissen, wer mir solche Lust bescherte.

„Es scheint ihr zu gefallen, auf diese Weise gefickt zu werden. Den meisten sagt es nicht zu, vornübergebeugt an einem Hocker befestigt zu sein", sprach eine tiefe Männerstimme irgendwo hinter mir, aber ich war zu abgelenkt vom rauen Hin und Her des riesigen Schwanzes in meinem Körper, um mich nach ihm umzudrehen. Er war nicht der Mann, der mich fickte, und daher belanglos. Völlig. Nur mein Meister zählte.

Meister? Wo war dieser Gedanke hergekommen?

„Ja, ihre Pussy ist unglaublich eng und tropfnass. Gefällt es dir, wenn du so genommen wirst, *Gara?*" Die zweite Stimme war noch tiefer und kam von hinter mir, direkt hinter mir.

An einen Partner vergeben

Er hatte mir eine Frage gestellt, aber ich konnte nichts weiter tun als darüber zu stöhnen, wie er mich so unglaublich weit dehnte. Noch nie zuvor war ich von einem Schwanz dieser Größe aufgespießt worden. Bei jedem harten Klatsch seiner Hüften gegen meinen Hintern stieß seine Härte und Hitze tief in mir an meine Grenzen. Der Klang von Haut an Haut, von meiner Nässe, die ihm seine harte Bewegung erleichterte, erfüllte den Raum. Er wechselte den Winkel, seine harte Eichel rieb sich irgendwo tief in mir, und ich wimmerte. Sein Schwanz war wie eine Waffe, ein Werkzeug, gegen das ich wehrlos war.

Wie war ich hierher geraten? Das Letzte, woran ich mich erinnern konnte, war, dass ich auf der Erde war, im Abfertigungszentrum.

Nun war ich an eine Art vierbeinigen Hocker gefesselt, meine Fußgelenke auf der einen Seite festgebunden, und meine

Hände an kleine Griffe auf der anderen Seite geschnallt. Er war schmal, sodass meine Brüste nach unten hingen. Etwas zerrte an meinen Brustwarzen, doch ich konnte es nicht sehen. Die Kombination aus Schmerz und Lust war wie elektrischer Strom, der direkt in meinen Kitzler schoss, und ich stöhnte bei der scharfen Empfindung auf. Mit jedem tiefen Stoß rieb mein Kitzler an etwas Hartem unter mir, etwas, das sich mit mir bewegte, während sein Schwanz in mich pumpte. Die Vibrationen unter meinem Kitzler bauten langsam einen Orgasmus auf, und schon bald fühlte ich mich wie eine tickende Zeitbombe. Schweiß trat mir auf die Haut und ich klammerte mich an den Hocker, als könnte nur das mich vom Davonfliegen abhalten. Ich war mir nicht völlig sicher, ob ich diese Explosion überleben würde.

„Sie zieht sich um meinen Schwanz zusammen", knurrte der Mann, während seine Bewegungen weniger methodisch wurden, als würde er langsam den Kampf gegen seine niederen Triebe verlieren, sich in mich hineinzuwerfen.

„Gut. Bring sie dazu, heftig zu kommen, so dass sie erweicht wird und deinen Samen annimmt. Dann sollte es für dich kein Problem sein, mit ihr die sofortige Zucht zu beginnen."

Zucht?

Ich öffnete den Mund, wollte fragen, wovon sie da redeten. Doch dieser riesige Schwanz rammte in mich und eine warme Hand legte sich auf meinen Nacken, drückte mich nach unten, obwohl ich nirgendwo hin konnte. Ich nahm es als symbolische Geste, dass ich in seiner Kontrolle war und nichts tun konnte. Ich hätte schreien sollen oder mich wehren, aber diese Hand wirkte wie ein Aus-Schalter und ich hielt völlig still, hungrig nach seinem nächsten Stoß.

Dieser Moment, dieser Mann... es

konnte doch nur ein Traum sein. Ich würde *niemals* Sex haben, während jemand zusah. Ich würde niemals zulassen, dass ich auf eine solche Art gefesselt sein würde. Niemals. Das konnte nicht wahr sein. Ich würde eine solch erniedrigende Behandlung nicht zulassen. Ich war Ärztin, eine Heilerin. Hoch angesehen und nicht ohne meine Mittel. Ich war eine Frau von gewissem Einfluss. Ich würde mich dem hier niemals unterwerfen...

Wie zum Spott stieß er besonders stark in mich hinein, und eine kräftige Hand landete brennend auf meiner nackten Arschbacke. Das Brennen breitete sich aus wie heiße Butter, die in mein Fleisch schmolz, und die Hitze schoss auf direktem Weg in meinen Kitzler. Er versetzte mir einen weiteren Hieb, und ich biss die Zähne zusammen, um mir einen Lustschrei zu verkneifen.

An einen Partner vergeben

Was geschah mit mir? Es *gefiel* mir, Hiebe zu bekommen?

Noch ein lautes Klatschen, noch ein scharfer Stich, und Tränen schossen mir in die Augen, während ich darum kämpfte, meine Haltung zu bewahren. Ich war ein Profi. Ich gab mich niemals Panik oder Druck hin. Oder Lust. Ich verlor niemals die Kontrolle.

Mich auf mein jahrelanges Training und meine Disziplin berufend, zwang ich meinen Geist dazu, mein Umfeld wahrzunehmen. Nichts kam mir vertraut vor, nicht das sanfte, bernsteinfarbene Licht, nicht die dicken Teppiche auf dem Boden, die eigenartig sandfarbenen Wände, oder der Geruch nach Mandeln und etwas merkwürdig Exotischem, der mir von meiner eigenen Haut entgegenströmte. Das schimmernde Glänzen auf meiner ansonsten blassen Haut schien, als wäre ich mit duftendem Öl eingerieben worden. Diese Geruch—

und der klebrige Moschusduft von Sex—umströmte mich.

Verwirrung füllte meinen Geist. Ich konnte mich nicht auf den Raum konzentrieren oder dahinterkommen, wie ich hierher geraten war. Denn mit jedem keuchenden Atemzug füllte mich ein harter Schwanz bis nahe genug an die Schmerzensgrenze, dass die Schärfe meine Empfindungen nur noch verstärkte und meinen Geist und Körper überreizte. Ich wurde von der Lust verzehrt. Mein gesamtes Bewusstsein schrumpfte zusammen, bis es nichts mehr gab als den Druck meiner Haut gegen den Hocker, die Hand in meinem Nacken, die mich fixierte wie eine zufriedene Katze, das ziehende Wippen dessen, was sich wie an meinen Nippeln befestigte Gewichte anfühlte, meine Pussy, die sich fest um den Schwanz zusammenzog, der mich erfüllte, mich bezwang. Mich besaß.

Sex hatte sich mit keinem Mann zuvor

so gut für mich angefühlt. Ich konnte nicht sehen, wer mich fickte, aber es war ohne Frage ein *Mann*.

Die Hand in meinem Nacken verschwand, und ich spürte zwei große Hände an meinen nackten Hüften, deren Fingerspitzen sich in mein rundes Fleisch bohrten. Da ich keinen der beiden Männer sehen konnte, musste dies ein Traum sein. Und ich wollte nicht, dass er endete. Der Drang, zu kommen, war so stark, dass ich bereit war, um Erlösung zu betteln.

Ich hatte noch nie einen Sex-Traum gehabt. Ich hatte noch nie zuvor annähernd etwas geträumt, das *so* echt erschien, sich *so* gut anfühlte. Es war mir egal, ich wollte nicht weiter darüber nachdenken, denn die Vibrationen an meinem Kitzler wurden schneller.

„Ja!", schrie ich auf und versuchte, meine Hüften nach hinten zu drücken und den unglaublichen Schwanz noch tiefer aufzunehmen. „Hör nicht auf, bitte, oh Gott!"

Und er machte weiter. So köstlich, wie der Traum war, kam ich auch. Die Vibrationen an meinem Kitzler brachten mich an den Gipfel, aber es war der Schwanz in mir, der dafür sorgte, dass die Lust immer weiter und weiter wogte, bis ich es nicht mehr aushielt.

Der Mann, der mich fickte, spannte sich an, und seine Finger gruben sich in meine Hüften, als er sich in seiner eigenen Erlösung aufbäumte. Ich spürte seinen heißen Samen tief in mir. Während er mich weiter fickte, solange sein Orgasmus andauerte, sickerte die heiße, klebrige Flüssigkeit aus meiner Pussy und rann meine Schenkel hinunter. Ich sackte über dem Hocker zusammen, gesättigt und erfüllt. Das Letzte, was ich hörte, bevor ich in die Dunkelheit der Träume zurückglitt, war: „Sie genügt. Bring sie in den Harem."

An einen Partner vergeben

———

Ich kämpfte mich wieder zu Bewusstsein und wünschte, ich hätte es nicht getan. Eine strenge junge Frau saß mir in dem kleinen Untersuchungszimmer gegenüber. Sie schien etwa in meinem Alter zu sein und sie könnte hübsch sein, wäre ihr Gesichtsausdruck nicht so gefühllos und schmallippig. Sie trug einen makellosen braunen Anzug und hochhackige Schuhe, und hielt einen Tablet-Computer auf ihrem Schoß. Der strenge Knoten, zu dem ihr langes Haar gebunden war, ließ sie eher wie eine Geschäftsfrau erscheinen als eine medizinische Spezialistin. Der Raum, in dem ich war, wirkte wie ein Krankenzimmer. Medizinische Geräte waren an meinen Körper angeschlossen und überwachten meine Herzfrequenz, Gehirnaktivitäten und Enzymspiegel. Mein Körper surrte noch von der Gewalt des Höhepunktes und ich stellte beschämt fest, dass der Untersuchungsstuhl, an den ich geschnallt war, unter meinem nackten Hintern und Schenkeln von meiner Erregung durchnässt war. Das schlichte, kurze graue Nachthemd, das ich anhatte, trug das Logo des Interstellaren Bräute-Programms und war wie für medizinische Bekleidung üblich im Rücken offen. Wie erwartet war ich untenrum zur Untersuchung nackt.

Die Frau hatte den sauren Gesichtsausdruck von jemandem, der den Umgang mit höchst schuldigen Gefängnisinsassen gewohnt war, die seelenlose Verbrechen begangen hatten. Ihre dunkelbraune Uniform trug auf der Brust das leuchtend rote Abzeichen mit drei Worten in glänzenden Lettern, die mir den kalten Schweiß auf die Stirn trieben.

Interstellares Bräute-Programm.

Gott hilf mir. Ich würde in eine andere Welt reisen, die Erde hinter mir lassen, und zwar als Katalog-Braut. Während das Konzept vor vielen Jahrhunderten bereits von Nutzen war, wurde es nun zu neuem Leben erweckt, um den derzeitigen interplanetarischen Bedarf zu decken. Als eine dieser Katalog-Bräute würde ich dazu gezwungen werden, einen beliebigen außerirdischen Anführer zu ficken und mit ihm Babys zu zeugen, dessen Planet von der interstellaren Koalition, die nun die Erde beschützte, als würdig galt. Einen männlichen Außerirdischen, der sich den Rang und das Recht verdient hatte, eine Braut von einer der geschützten Mitgliedswelten für sich zu beanspruchen. Da die Erde der letzte Neuzugang zu dieser Planeten-Koalition war, standen auf ihr nun die geforderten tausend Bräute pro Jahr zum Angebot. Es gab nur sehr wenige Freiwillige, trotz der großzügigen

Entschädigung, die einer Frau geboten wurde, die mutig—oder verzweifelt—genug war, sich als Braut zur Verfügung zu stellen. Nein, der Großteil der tausend Frauen, die von unserer Welt geschickt wurden, waren verurteilte Verbrecherinnen oder, so wie ich, auf der Flucht. Auf der Suche nach einem Versteck.

„...sollte es für dich kein Problem sein, mit ihr ohne Verzögerung die Zucht zu beginnen." Diese grobe, kantige Stimme schwirrte mir durch den Kopf. Das war ein Traum gewesen, richtig? Aber warum würde ich *so etwas* träumen?

„Miss Day, mein Name ist Aufseherin Egara. Sind Sie über ihre Platzierungsoptionen informiert? Als verurteilte Mörderin haben Sie sämtliche Rechte verloren außer dem Recht der Nennung. Sie dürfen eine Welt nennen, wenn Sie das wünschen, und wir werden Ihren Partner gemäß den Ergebnissen

Ihrer Einstufung von dieser Welt auswählen. Oder Sie verzichten auf das Recht der Nennung und akzeptieren das Ergebnis des psychologischen Einstufungsprozesses. Wenn Sie diese Option wählen, werden sie zu der Welt und dem Partner geschickt, der am besten auf Ihr psychologisches Profil abgestimmt ist. Wenn Sie wünschen, ihren wahren Partner zu finden, empfehle ich dringend, dass Sie die zweite Option wählen und den Empfehlungen der Zuweisungsbearbeiter folgen. Wir weisen Bräute bereits seit hunderten Jahren ihren Partnern zu. Was soll es sein?"

Die Stimme der Frau drang kaum zu mir durch, und ich zerrte an den Handschellen, die meine Handgelenke an meine Seiten fesselten. Obwohl ich schon von anderen Planeten gehört hatte, kannte ich niemanden aus einer anderen Welt, schon gar nicht einen Partner. Auf der Erde konnte sich eine Frau ihre eigenen Freunde, Liebhaber, Ehemänner aussuchen. Aber einen außerirdischen Partner? Ich hatte keine Ahnung, wo ich anfangen sollte. Und selbst wenn ich eine Welt auswählen würde, würde mein tatsächlicher Partner auf ihr ausschließlich von der psychologischen Analyse des Interstellaren Bräute-Programms entschieden werden. Sollte ich eine Welt wählen? Ich würde nur für ein paar Monate fort sein, nicht den Rest meines Lebens. Was für einen Unterschied machte es? Ich war nicht einmal wirklich Evelyn Day.

Das war meine neue Identität. Mein richtiger Name war Eva Daily, und ich war auch keine wirkliche Mörderin. Ich war unschuldig, aber das machte nichts. Nicht mehr. Es war egal, dass alles eine Farce war—nur ein Weg, mich am Leben zu erhalten, bis ein Gerichtstermin festgelegt war und ich gegen ein Mitglied eines der mächtigsten organisierten

Verbrechersyndikate der Erde aussagen konnte.

Ich war eine angesehene Ärztin gewesen, bis ich Zeugin eines Mordes hinter einem Vorhang in der Notaufnahme des Krankenhauses geworden war. Es stellte sich heraus, dass ich die Einzige war, die den Täter identifizieren konnte. Die Familie des Mörders verfügte über enorme Mittel und Beziehungen, sowohl in der Regierung als auch im organisierten Verbrechen. Zeugenschutz war die einzige Chance, mich am Leben zu erhalten, bis ich den Mann vor Gericht identifizieren konnte. Den Planeten zu verlassen war der einzige Weg um sicherzugehen, dass der weitreichende Einfluss dieser Familie mir nichts anhaben konnte.

Obwohl meine Verurteilung nur ein Cover war, war ich in den Augen der Justiz auf der Erde eine Mörderin. Und sollte auch so behandelt werden. Dieses

Krankenhausnachthemd war schlichte Gefängniskleidung, meine Hand- und Fußgelenke an einen harten, gnadenlosen Stuhl geschnallt. Mir stand nicht viel Auswahl zur Verfügung. Ich hatte es bereits tausendmal in Gedanken durchgespielt. Überleben. Das musste ich tun, und das konnte ich nur dann tun, wenn ich so schnell wie möglich von der Erde fortkam.

„Miss Day?", wiederholte die Aufseherin. Ihre Stimme war emotionslos, als hätte sie schon zu viele Kriminelle abgefertigt, um etwas anderes als abgestumpft und abgehärtet zu sein, selbst den schlimmsten Übeltätern gegenüber.

„Ich frage Sie noch einmal, Miss Day. Nach Vorschrift muss ich drei Mal versuchen, eine Antwort zu erhalten. Danach werden Sie automatisch gemäß Ihrer Testresultate jemandem zugewiesen und zur Abfertigung weitergeleitet."

An einen Partner vergeben

Ich versuchte, mein rasendes Herz zu beruhigen, da ich nicht nur festgebunden war, sondern auch dem Zimmer, dem Gebäude und vor allem dem Leben, das mir nun bevorstand, nicht entkommen konnte. Dieses triste Zimmer war nichts im Vergleich dazu, was ich bereits durchgestanden hatte... und nichts im Vergleich dazu, was mir noch bevorstand.

Aber ich konnte nicht zulassen, dass diese kaltherzige Frau für mich entschied. Bestimmt würde sie mich auf einen grobschlächtigen Planeten wie Prillon schicken, wo die Männer für ihre harte und unversöhnliche Art berüchtigt waren, im Bett wie auch außerhalb.

„Beanspruchen Sie das Recht, Ihre Welt zu nennen, Miss Day? Oder unterziehen Sie sich den Platzierungsprotokollen des Abfertigungszentrums?" Ihre Frage riss mich aus den Gedanken. Bevor sie den Raum betreten hatte, war ich hier der sogenannten Abfertigung unterzogen worden. Ich war zu Beginn bei vollem Bewusstsein und wach gewesen. Ich hatte mir Bilder von diversen Landschaften angesehen, von Männern mit unterschiedlicher Kleidung und unterschiedlichem Aussehen. Selbst von Paaren, die diverse Sexualakte durchführten, wie etwa eine Frau, die kniete und den Schwanz eines Mannes lutschte, hatte ich mir Bilder angesehen. Dies war leider eines der harmloseren Bilder gewesen. Manche Bilder zeigten zwei Männer, die eine Frau nahmen, manche einen ganzen Raum voller Leute, die zusahen, während eine Frau gefickt wurde. Fesseln, Peitschen, Sex-Spielzeuge. Die Szenen wechselten zwischen Wüstenlandschaften und weiten Großstadtaufnahmen von außerirdischen Metropolen so groß wie New York City oder London, zwischen Dildos und

Keuschheitsgürteln, Piercings und Analsonden.

Die Bilder waren immer schneller vorübergezogen und ich dachte, dass ich wach geblieben war. Aber ich musste wohl eingeschlafen sein und hatte diesen merkwürdigen, und doch so lebhaften Traum. Als ich aufwachte waren die Bildschirme verschwunden, aber ich war immer noch an den Untersuchungsstuhl gefesselt.

Ich blickte in ihr Gesicht, dessen Ausdruck völlig neutral war, leckte mir über die Lippen und antwortete: „Ich werde die Auswahl des Abfertigungsprotokolls akzeptieren."

Die Frau nickte knapp und drückte einen Knopf auf dem Tablet vor ihr. „Sehr gut. Beginnen wir also mit dem Zuweisungsprotokoll. Nennen Sie bitte Ihren Namen für unsere Unterlagen."

Ich schloss einen Moment lang die Augen, dann öffnete ich sie, denn ich konnte die Nachwirkungen dieses Orgasmus immer noch spüren. Es war so intensiv gewesen, und dabei war es ein *Traum* gewesen. Dies war die kalte, harte Wirklichkeit. Ich bezweifelte, dass es in meiner Zukunft ein echtes Entkommen, oder echte Lust, geben würde. „E-Evelyn Day."

Ich hätte beinahe meinen richtigen Namen genannt, aber erinnerte mich rechtzeitig. *Wie konnte ich das vergessen?*

„Das Verbrechen, für das Sie verurteilt wurden?"

Es fiel schwer, es auszusprechen. Ich konnte immer noch nicht glauben, dass ich solchen extremen Maßnahmen zugestimmt hatte, solchen Lügen. „Mord."

„Sind Sie derzeit, oder waren Sie jemals, verheiratet?"

„Nein." Dies war einer der Gründe, warum ich mich in diesem Schlamassel befand. Ich arbeitete zu viel. Ich hatte keinen Mann in meinem Leben, niemanden, zu dem ich abends nach Hause kam. Also arbeitete ich länger, nahm weitere Schichten an, und wurde Zeugin eines Mordes.

„Haben Sie je biologischen Nachwuchs hervorgebracht?"

„Nein." Das wollte ich zwar eines Tages, aber mit einem Alien? Das war nicht gerade ein Kindheitstraum gewesen. Warum hatte ich keinen Mann kennenlernen können, der sexy und Single war und auf Frauen stand, die sowohl Hirn als auch üppige Kurven hatten?

„Ausgezeichnet." Aufseherin Egara hakte eine Liste von Kästchen auf ihrem Tablet-Bildschirm ab. „Fürs Protokoll, Miss Day, als in Frage kommendes, fruchtbares weibliches Wesen in den besten Jahren hatten Sie zwei Auswahlmöglichkeiten, um ihre Strafe für das Verbrechen Mord abzudienen. Einerseits lebenslange Haft ohne

Bewährung in der Carswell-Strafanstalt in Fort Worth, Texas."

Ich zitterte bei der Erwähnung des berüchtigten Gefängnisses, in dem die gefährlichsten und grausamsten Kriminellen untergebracht waren. Der gesamte Plan, mich bis zur Verhandlung sicher aufzubewahren, bestand darin, mich vom Planeten zu schicken. Über Carswell hatte ich mir zum Glück keine Gedanken machen müssen.

Aufseherin Egara fuhr fort: „Oder, wie Sie zuvor gewählt hatten, alternativ dazu das Interstellare Bräute-Programm. Sie wurden hierher gebracht, um Ihre Einstufung und Zuweisung abzuschließen. Es freut mich, Ihnen mitteilen zu dürfen, dass das System Sie erfolgreich zuweisen konnte und Sie auf einen Mitgliedsplaneten geschickt werden. Als Braut ist es möglich, dass Sie nie mehr zur Erde zurückkehren, da die

Reisebedingungen sich nach den Gesetzen und Bräuchen Ihres neuen Planeten richten werden und von dort bestimmt werden. Sie geben den Status als Erdenbürgerin auf und werden offiziell zu einer Bürgerin Ihrer neuen Welt."

    Wohin würden sie mich schicken? Was für perversen Irrsinn hatten meine Neuroscans dieser Frau gezeigt? Dem lebhaften Traum zufolge konnte das alles sein. Würde ich zu einem Stammeshäuptling auf Vytros kommen, oder zu einem reichen Seehändler auf Ania? In eines der groben Patriarchate in den außenliegenden Welten?

    Ich räusperte mich, da mir die Worte im Hals zu stecken schienen. „Können Sie... können Sie mir den Auswahlprozess erklären? Woher weiß ich, dass diese Tests eine gute Übereinstimmung erzielen?"

    Sie sah mich an, als wäre ich der letzte

Hinterwäldler. „Also wirklich, Miss Day. Sie wissen doch, wie es läuft."

Als ich schwieg, seufzte sie. „Also gut. Alle Häftlinge werden einer Reihe von Tests unterzogen. Ihr Geist wurde stimuliert und sowohl auf bewusste als auch unbewusste Reaktionen überprüft, sodass wir sicher sein können, Sie passend zu den Bräuchen und sexuellen Praktiken eines anderen Planeten zuordnen zu können. Da Sie dort auf unbestimmte Zeit leben werden ist es wichtig, dass wir Bräute senden, die der Anführer *würdig* sind, die sie angefordert haben.

„Jeder Planet hat eine Liste qualifizierter männlicher Wesen, die auf eine Braut warten", fuhr sie fort. „Unsere Tests ermitteln die beste Welt für Sie, dann stimmen wir Sie mit dem kompatibelsten Kandidaten ab. Wenn Ihre Abfertigung beginnt, dann wird er sofort verständigt. Wenn Sie soweit sind,

An einen Partner vergeben

werden Sie transportiert und erwachen auf Ihrem neuen Planeten. Ihr Partner wird darauf warten, Sie dort in Besitz zu nehmen."

„Meine Handgelenke waren immer noch gefesselt; ich konnte aber meine Fäuste ballen. „Was, wenn... was, wenn die Übereinstimmung nicht gut ist?"

Sie spitzte die Lippen. „Es gibt kein Zurück. Gemäß Protokoll 6.2.7a können wir Sie nicht dazu zwingen, bei jemandem zu bleiben, der nicht kompatibel ist. Sie haben dreißig Tage Zeit, zu entscheiden, ob der primäre Kandidat akzeptabel ist. Wenn Sie nach dreißig Tagen mit Ihrem Partner nicht zufrieden sind, wird Ihnen ein anderer Partner auf der gleichen Welt zugewiesen, und sie werden transferiert. Sie haben für jeden Kandidaten dreißig Tage Zeit, um ihn anzunehmen oder abzulehnen, bis Sie sich mit einem Partner niederlassen."

„Haben sie... Ich meine, hat auch er

die Möglichkeit, mich zurückzuweisen?" Ich wurde zuvor schon von Männern zurückgewiesen. Oft sogar. Was würde einen Mann auf einem fernen Planeten groß anders machen?

„Die Erfolgsrate des Zuweisungsprogramms liegt bei über achtundneunzig Prozent. Sie haben die Tests abgeschlossen und wir haben Ihre persönliche Platzierung bestätigt. Ich bin zuversichtlich, dass Sie ausreichend versorgt sein werden. Diese Partner brauchen, je nach Planet, Frauen, um ihre Rasse zu erhalten, ihre Kultur und ihre Lebensart. Weibliche Wesen sind wertvoll, Miss Day. Darum wurde das interplanetare Abkommen überhaupt erst geschlossen. Falls jedoch Ihr Partner Sie als... unzureichend empfindet, werden Sie einem anderen männlichen Wesen auf dem Planeten zugewiesen. Denken Sie daran, Sie wurden in erster Linie auf den

Planeten abgestimmt, und erst danach den Partner."

„Wird mein Partner wissen, dass ich eines Verbrechens verurteilt wurde?"

„Natürlich. Das Abkommen verlangt völlige Offenlegung."

„Und die sind verzweifelt genug, verurteilte Verbrecherinnen aufzunehmen?" Ich hatte mich noch nie als würdig empfunden, jemandes Freundin zu sein, und schon gar keine Ehefrau. Warum würde mich jetzt jemand wollen, wo ich eine verurteilte Mörderin war? „Haben die keine Angst, dass ich sie im Schlaf umbringe?" Ich würde das niemals tun, aber das konnten *die* ja nicht wissen. Und würde ich auf deren Welt für ein Verbrechen bestraft werden, das ich dem Anschein nach hier auf der Erde begangen hatte?

Die Frau spitzte die Lippen. „Ich garantiere, Miss Day, dass Sie das verstehen werden, sobald Sie irgendeinem der Partner von irgendeinem der Planeten begegnen. Seien Sie versichert, dass von einer Frau wie Ihnen umgebracht zu werden nicht zu ihren Sorgen gehört."

Ich blickte auf meine triste, schlichte Gefängnisuniform. Ich war nicht schmächtig. Ich war... kurvig. Selbst der Stress der letzten Wochen, die bevorstehende Verhandlung und alles, was dazugehörte, hatte an meinem Gewicht nichts verändert. Ich hatte in der gesamten Zeit keinen richtigen Spiegel und keine Schminke gesehen, also konnte ich mir nur vorstellen, wie ich aussah. Wenn ich in diesem Aufzug meinem Partner gegenübertrat, würde er mich doch bestimmt abweisen, bevor er überhaupt Hallo sagen konnte.

Die Frau blickte auf ihr Tablet. „Sind Sie fertig mit Ihren Fragen? Ich habe heute noch eine Frau abzufertigen."

Es gab nicht wirklich viel Auswahl.

Ich nickte. „Ich...ich bin soweit—", schluckte ich. Es war schwieriger als gedacht, die Worte auszusprechen, die mein Leben verändern würden. „Ich bin bereit dafür, den Planeten zu verlassen, und ich werde meine Platzierung gemäß der Testergebnisse annehmen."

Die Frau nickte entschlossen. „In Ordnung." Sie drückte einen Knopf, und mein Sitz lehnte sich nach hinten wie beim Zahnarzt. „Fürs Protokoll, Miss Day, Sie haben gewählt, Ihre Strafe unter der Direktion des Interstellaren Bräute-Programms abzugelten. Sie wurden einem Partner per Test-Protokoll zugewiesen und werden vom Planeten transportiert. Eine Rückkehr zur Erde ist nicht vorgesehen. Trifft dies zu?"

Heilige Mutter Gottes, was hatte ich getan? Ich würde für meine Zeugenaussage zurückkommen, aber ich stand *wirklich* vor der Abreise. „Ja."

„Ausgezeichnet." Sie blickte auf ihr

Tablet hinunter. „Der Computer hat sie Trion zugewiesen."

Trion? Ich suchte in meinem Gedächtnis nach etwas, irgendeinem Wissen über diese Welt. Nichts. Ich wusste gar nichts. *Oh Gott.*

Doch vielleicht war die Welt jene in meinem Traum gewesen. Die Teppiche. Das Mandelöl. Der riesige Schwanz...

„Diese Welt erfordert eine gründliche körperliche Vorbereitung ihres weiblichen Wesens, bevor wir den Transport einleiten."

Mein Körper wird... was?

Aufseherin Egara gab meinem Sitz einen Schubs, und zu meinem Schrecken glitt der Stuhl auf eine Wand zu, in der sich eine große Öffnung auftat. Der Untersuchungsstuhl glitt wie auf Schienen direkt in den soeben erschienenen Raum auf der anderen Seite der Wand. Das winzige Zimmer war klein und von einer Reihe greller blauer Lichter erhellt. Der Stuhl kam ruckartig zum Stehen, und ein Roboterarm mit einer großen Spritze glitt lautlos an meinen Hals hoch. Ich zuckte zusammen, als die Nadel in meine Haut fuhr, dann fühlte ich nur noch ein leichtes Kribbeln an der Einstichstelle. Ein Gefühl von Lethargie und Zufriedenheit ließ meinen Körper erschlaffen, und ich wurde in eine Wannen voll warmer, blauer Flüssigkeit gesenkt. Mir war so warm, ich fühlte mich so taub...

„Versuchen Sie einfach, sich zu entspannen, Miss Day." Ihr Finger berührte das Display in ihrer Hand, und ihre Stimme erreichte mich wie aus weiter Ferne. „Ihre Abfertigung beginnt in drei... zwei... eins..."

2

„Der Transfer ist wohl für den Körper anstrengend, daher schläft sie."

Ich hörte die Stimme, aber regte mich nicht. Ich hatte es recht bequem und wollte nicht aufwachen.

„Ja, das mag stimmen, aber sie ist schon seit vier Stunden in diesem Zustand." Seine Stimme war tiefer, herrschender, deutlich von meinem Zustand frustriert. „Goran, vielleicht ist meine Partnerin während des Transports beschädigt worden."

Beschädigt?

„Es sind keine Anzeichen von Beschädigung festzustellen." Eine weitere Stimme. „Sie ist schmächtig und benötigt daher vielleicht zusätzliche Erholungszeit."

Schmächtig? Ich wurde noch *nie* als schmächtig bezeichnet. Klein vielleicht, aber schmächtig? Das war beinahe komisch. Ich konnte meinen Körper nicht dazu bringen, sich zu bewegen, und so konnte ich nicht sehen, wer da etwas anderes in mir sah als mein übliches kurviges, äußerst solides Erscheinen. Es war, als würde ich gerade aus einem langen Nickerchen aufwachen und war damit zufrieden, so zu verweilen. Ich fühlte mich warm, wohlig und sicher, nicht am Rande eines...oh!

Meine Augen flatterten auf, und ich blickte nicht auf die kalten grauen Wände im Inneren der Abfertigungsanlage, in der ich die letzten paar Tage verbracht hatte. Stattdessen schien ich in einer Art rustikalen Struktur zu sein, deren Decke und Wände aus robuster Leinwand gefertigt war. Ich konnte nicht viel vom Raum einsehen, da drei Männer über mich gebeugt waren. Meine Augen weiteten sich beim Anblick ihrer Größe. Sie waren beeindruckend groß und... nun, *groß*. Ich hatte noch nie einen so großen Mann gesehen, schon gar nicht drei davon. War ihre Größe normal?

Alles an ihnen war dunkel. Schwarzes Haar und schwarze Augen, schwarze Kleidung über gebräunter Haut. Sie erinnerten mich an die Männer aus der Mittelmeerregion Europas. Aber ich war vom Abfertigungszentrum nicht nach Europa geschickt worden, auch nicht in den nahen Osten, sondern auf einen anderen Planeten. Trion? Wo war das? Wie weit war ich von zu Hause weg? Aufseherin Egara hatte nicht gesagt, wie weit dieser Planet entfernt war, bevor sie ihren Finger über ihr Display gewischt und mich abtransportieren hatte lassen. Es war alles so schnell gegangen, als wenn man vor einer Operation einschläft und danach ohne jegliches Bewusstsein darüber aufwacht, was in der Zwischenzeit passiert war.

Ich lag auf meiner Seite, nicht mehr in dem unbequemen Stuhl im Abfertigungsraum, sondern auf einem schmalen Bett. Meine Hand- und Fußgelenke waren nicht länger gefesselt, und ich fuhr mir mit den Fingerspitzen der rechten Hand durchs Haar hinter meinem Ohr.

Ja. Da war es. Ich atmete erleichtert aus. Der kleine Knoten, den das Implantat des Justizministeriums hinterlassen hatte. Das Modul, das mich, wie sie mir versprochen hatten, eines Tages nach Hause zurück bringen würde. Bis dahin musste ich als Evelyn Day überleben, eine verurteilte Mörderin.

Ich blinzelte verwirrt und versuchte, mich zu orientieren. Ich wusste schon mein ganzes Leben lang über alternative Planeten Bescheid, aber in den Medien waren nie Bilder von ihnen zu sehen gewesen. Transport auf andere Planeten war Militärpersonal vorbehalten, sowie den Frauen im Bräute-Programm. Daher hatte ich mir immer vorgestellt, dass Aliens ganz anders wären als Menschen, aber das war eindeutig ein Irrtum. Diese Männer waren, wenn sie ein gutes Beispiel für die Rasse dieses Planeten waren, äußerst gutaussehende Exemplare, und sehr menschenähnlich. Gutaussehend war vielleicht nicht das richtige Wort. Intensiv, feurig, männlich. Umwerfend schön.

Dennoch ließen ihre Kraft und rohe Energie, ihre schiere Größe, und die äußerst plausible Möglichkeit, dass sie mir wehtun könnten, mich hastig zurückweichen.

Die Wand in meinem Rücken gab nach, und ich musste mich mit der Hand am Boden abstützen, um nicht das Gleichgewicht zu verlieren. Ich war auf allen Vieren, und der Blick der Männer schweifte von meinem Gesicht auf meinen Körper hinunter. Obwohl die Luft warm war—wo immer ich auch war— konnte ich sie doch auf meiner Haut spüren. Als ich an mir hinunterblickte, sah ich, dass ich definitiv keine Gefängnisuniform trug. Ich war nackt.

„Wo sind meine Kleider?", kreischte ich, versuchte, mich zu bedecken, und blickte um mich. Der Raum war spartanisch, nur mit dem Bett eingerichtet, auf dem ich saß, und einem Tisch in der Mitte des Raumes. Der Raum war nicht besonders groß, oder vielleicht war das die schiere Größe der drei Männer vor mir, die einen großen Teil des Raumes einnahmen. Große schwarze Truhen standen an einer Wand entlang und metallische Geräte, die wie eine Mischung aus Krankenhaus-Maschinen und Küchengeräten aussahen, standen darauf.

„Du wurdest transportiert und abgefertigt, wie der Brauch es vorsieht", sagte einer der Männer.

„Aber... ich bin nackt." Meine Hände erstarrten und ich blickte nach unten, als ich meine Nippel spürte. Sie waren von goldenen Ringen durchstochen. Als wäre das nicht genug, führte eine goldene Kette von einem Ring zum anderen und hing bis knapp über meinen Nabel hinunter.

Ich... ähm, ich hatte Nippel-Piercings. Ich konnte meinen Blick nicht von dem seltsamen Anblick abwenden. Die Ringe waren kleiner als ein Fingerring, die Kette war dünn wie eine Schnur und mit kleinen goldenen Scheiben verziert.

„Ich erkenne an deiner Reaktion, dass es auf der Erde nicht Brauch ist, geschmückt zu sein." Ich blickte nicht zum Sprecher hoch.

Geschmückt? Überraschenderweise taten die Nippel-Piercings nicht weh, obwohl sie brandneu waren. Sie sollten doch bestimmt schmerzen. Als ich zehn war, hatte ich mir die Ohren stechen lassen und es hatte weit über einen Monat gedauert, bis die Löcher abgeheilt waren. Ich konnte jetzt aber keinen Schmerz spüren, nur ein leichtes Ziehen an ihnen durch das Gewicht der Kette. Es war ganz leicht, aber beständig... und erregend. Meine Nippel wurden steif, und ich stöhnte auf und verschränkte die Arme vor der Brust.

„Willkommen auf Trion. Ich bin Tark, dein neuer Meister, und du befindest dich in der medizinischen Einheit des Außenposten Neun. Ich habe dich zur ärztlichen Untersuchung nach deinem Transfer hierher gebracht, da du nicht erwacht bist." Der Mann rechts sprach, seine Stimme tief und irgendwie vertraut. Seine dunklen Augen trafen auf meine und hielten den Blick. Ich konnte nicht wegsehen, und wollte es auch nicht, denn ich fühlte... etwas. Kein Mann auf der Erde hatte mich je so intensiv angesehen. Es war, als würde er rein mit seinen Augen bereits Besitz von mir ergreifen.

Warum klang seine Stimme vertraut? Eigenartig, aber ich schüttelte den Gedanken als unmöglich ab. Er blickte auf einen der anderen Männer, dann wieder auf mich, klar und eindringlich. „Das ist Goran, mein zweiter Befehlshaber." Der andere Mann nickte mir zu. Er wirkte jünger als Tark und war ein paar Zentimeter kleiner, aber nicht weniger kräftig gebaut. „Und das hier ist Bron, der hier auf Außenposten Neun stationierte Arzt."

Der dritte Mann schenkte mir ebenso eine leichte Verneigung mit dem Kopf und schwieg. Er hielt seinen Blick nicht wie Tark auf meine Augen gerichtet, sondern ließ ihn über meinen Körper schweifen. Ich bewegte meine Hände, um mich besser zu bedecken, aber ich wusste, dass er *alles* sehen konnte.

Alle drei trugen schwarze Hosen, jedoch während die anderen beiden Männer schwarze Hemden trugen, war das von Tark grau. Der Schnitt ähnelte dem, was Männer auf der Erde trugen, aber ich hatte noch nie so breite Schultern oder gut definierte Körper gesehen. Dies waren starke Männer, und ihre Kleidung hob das zusätzlich hervor.

Tark war der einzige Mann, der zu mir sprach. „Evelyn Day, du bist mir vom interplanetarischen Abkommen zugewiesen worden. Obwohl mir dein guter Gesundheitszustand versichert wurde, kann es sein, dass der Transfer dir geschadet hat. Du hast länger als erwartet im Schlaf verbracht. Bron wird dich auf

Beschädigungen untersuchen. Hoch mit dir."

Er streckte mir seine große Hand entgegen. Ich beäugte erst sie, dann ihn, vorsichtig. Misstrauisch.

„Mich untersuchen?", fragte ich, und mein Blick weitete sich noch mehr. Ich konnte das Blut in meinen Ohren rauschen hören und begann zu keuchen. „Dazu... dazu besteht kein Grund. Wie du gesagt hast, ich bin einfach nur... schmächtig."

Er trat einen Schritt näher, mit weiterhin ausgestreckter Hand. „Ich bin anderer Meinung. Ich kümmere mich um mein Eigentum."

Geduldig wartete er, dann seufzte er.

„Ich verstehe, dass deine Alternative ein Gefängnis auf der Erde war. Ich freue mich über deine Wahl, denn von allen möglichen Partnerinnen im interplanetarischen Abkommen waren deine unterbewussten Bedürfnisse am besten auf unsere Lebensart abgestimmt. Es scheint, dass wir beide einander genau das bieten werden, was wir beide brauchen."

Er pausierte, und ich ließ die Worte auf mich wirken. Würde er mir geben, was ich brauchte? Wie konnte er das, wenn was ich brauchte war, nach Hause zu kommen, auszusagen, und mein altes Leben zurückzubekommen?

Er streckte die Hand aus und fuhr mit seinen Knöcheln über meine Wange. „Deine Vergangenheit ist unwichtig, *Gara*. Du gehörst nun mir, und du musst mir in allen Dingen gehorchen." Seine Stimme sank tiefer und sein Tonfall sagte mir, dass ihm nichts verwehrt werden sollte.

Ich verzog das Gesicht. Ich war von seinen Worten nicht begeistert, aber die zärtliche Berührung warf mich aus der Bahn.

Ich nahm seine Hand, da ich keine Wahl hatte. Sie war so groß, meine

Handfläche versank in seiner. Die Berührung war warm, der Griff sanft, aber ich bezweifelte, dass er mich meine Hand wegziehen lassen würde. Ich würde nicht an den Männern vorbeikommen, wenn ich zu fliehen versuchte, und selbst wenn ich ihnen entkommen sollte, wusste ich immer noch nicht, wo ich überhaupt war. Der einzige Weg zur Erde zurück war über den Transporter, und sie würden mich nicht zu einem Transport-Modul bringen, ganz zu schweigen davon, dass ich nicht wusste, wie man eines bediente. Ich saß wahrlich und wahrhaftig fest, mit *ihm*. Zumindest, bis ich für die Aussage zurückberufen wurde. Der Staatsanwalt hatte aber gemeint, es könnte Monate dauern. *Monate* mit diesem Mann auf einem fremden Planeten? Ich schluckte.

Er half mir auf die Füße und ich schwankte, was auch die Kette bewegte, die von meinen Brüsten baumelte. Ich stand auf etwas, das sich wie ein dünner grauer Bodenbelag anfühlte. Er bedeckte nicht den gesamten Raum, denn rund um ihn herum war bis unter die Wände Sand zu sehen. Sand? Waren wir in der Wüste? War es deswegen so warm und ihre Haut so hübsch gebräunt? Der Anblick meiner nackten Füße neben den drei Stiefelpaaren wirkte eigenartig.

Die Wände waren undurchsichtig. Im Raum verteilt standen hohe Lampen, die ihn in sanftes Licht tauchten.

Ich hob meine freie Hand, um das Schwanken zu stoppen. Er stützte mich, und ich lehnte meinen Kopf zurück, weit zurück, um seinem Blick zu begegnen. „Was...was wirst du mit mir tun?"

Seine dunklen Augen erforschten mein Gesicht, dann streiften sie tiefer über meinen Körper. Ich errötete in dem Bewusstsein, dass er—und die anderen—alles sehen konnten.

„Du bist die erste Erdenfrau, die wir sehen, und ich muss es mir genauer ansehen." Der Blick des Arztes schweifte wie der von Tark über meinen Körper, aber bei ihm fühlte ich mich... bloßgestellt und schmutzig. Ich kannte diesen Blick. Lustmolche waren anscheinend nicht auf die Erde beschränkt.

Ich stellte mich ein wenig hinter Tark, wie hinter ein Schild. Sein Geruch, den sein Hemd verströmte, war berauschend. Sauber, scharf, mit einem Hauch Mysterium. Was es auch war, ich mochte es. Lag das daran, dass wir aufeinander abgestimmt waren?

„Ich muss nicht untersucht werden, und Sie werden mich ganz bestimmt nicht genauer ansehen. Es geht mir gut, sonst hätten sie mich nicht geschickt. Ich bin außerdem kein wissenschaftliches Experiment. Ich bin eine Partnerin." Ich streckte mein Kinn hoch und sprach mit fester Stimme, aber ich war diesen Männern ausgeliefert. Ich hatte keine Ahnung, ob der Begriff Partner hier auf

Trion irgendeine Art Status hatte, aber bestimmt würde kein Mann einem anderen gestatten, seine Partnerin rein zum Vergnügen zu *untersuchen*.

Ich blickte nicht hoch, aber ich konnte sehen, dass Tark von mir auf die beiden Männer vor mir blickte.

„Du erlaubst ihr, in diesem Ton mit mir zu sprechen?", fragte Bron Tark mit einem giftigen Blick auf mich.

Tarks andere Hand ballte sich zur Faust. „Soll ich dir etwa erlauben, *meine* Partnerin mit einem Ständer in der Hose zu untersuchen?"

Der Mann rutschte unbehaglich herum und hatte den Anstand, beschämt auszusehen.

Tark hob seine Hand zu einem abfälligen Winken, und ich spürte ein Grollen tief in seiner Brust mehr, als ich es hörte. „Goran, bring ihn von hier fort. Ich werde meine Partnerin selbst untersuchen."

Goran nickte, packte den Arzt am Arm und zerrte ihn davon. Mit einem letzten funkelnden Blick über die Schulter wurde Bron durch eine Klappe in der gegenüberliegenden Wand aus dem Zelt geführt. Ich sah kurz die Umrisse von anderen Zelten, aber der Blick war gleich wieder blockiert.

Nun, da er mit mir alleine war, blickte Tark zu mir hinunter, ein hochragender Krieger hungrig nach seiner Braut. Ich konnte nicht glauben, dass dieser Mann mein Partner war. Obwohl ich immer davon geträumt hatte, jemand Besonderen zu finden, war es doch etwas völlig anderes, schon im Voraus zu wissen, dass er *der* Mann war. Es gab keine Dates, kein Umwerben, um Gemeinsamkeiten und Kompatibilitäten zu entdecken. Es war eigentlich ein wenig beunruhigend. Dazu kam noch, dass ich auf einem neuen Planeten war, am anderen Ende der Galaxis!

Durch die dünnen Wände konnte ich Geräusche hören: Stimmen, seltsame mechanische Geräusche, ungewöhnliche Klänge, die wohl von Tieren kamen. Pferde vielleicht? Was für Tiere hatten sie hier auf Trion?

„Was Bron sagt, ist wahr. Du hast nicht so mit ihm zu sprechen."

Meine Augen weiteten sich. „Er hatte sich für einen Arzt nicht richtig verhalten", entgegnete ich.

Er brauchte einen Moment, als würde er überlegen. „Du bist neu hier, daher werde ich das berücksichtigen bei deiner Bestrafung."

„Bestraf—"

Er hob die Hand und schnitt mir das Wort ab. „Unverschämtheit ist nicht gestattet."

Ich verzog das Gesicht. „*Er* war es doch, der unverschämt war."

Tark rollte die Schultern zurück und

schien fünf Zentimeter zu wachsen. „Wer wird hier gerade unverschämt?"

Er machte mit seinen langen Beinen zwei Schritte auf eine schlichte, kurze Bank zu. Sie schien aus Holz zu sein, aber ich hatte keine Ahnung, ob das stimmte. Gab es auf Trion überhaupt Bäume? Er setzte sich und streckte mir die Hand entgegen. „Komm her."

Ich blickte auf seine Finger, lang und rund, aber bewegte mich nicht. „Warum?"

„Damit ich dir deine erste Lektion über Trion erteilen kann."

Das erschien mir vernünftig—immerhin war ich erst seit etwa fünf Minuten auf dem Planeten. Ich näherte mich ihm. Bevor ich wusste, wie mir geschah, hatte er mich um die Taille gepackt und über seine Knie gelegt. Ich war nicht gerade eine kleine Frau, und er manövrierte mich herum, als wäre ich ein schmächtiges Nichts.

Meine Hüften lagen auf seinen festen

Schenkeln, mein Oberkörper neigte sich dem grauen Bodenbelag entgegen, meine Brüste baumelten nach unten. Die Kette, die zwischen ihnen hängte, streifte über den Boden. Meine Zehen berührten den Boden und ich versuchte, mich hochzustemmen.

„Was tust du da?", schrie ich, während mir das Blut in den Kopf rauschte. „Lass mich hoch!"

Tark legte mir eine warme Hand ins Kreuz, um mich auf seinem Schoß festzuhalten, und als ich austrat, hakte er eines seiner Beine um meine Fußgelenke.

„Halt still, *Gara*. Ich habe mir schon gedacht, dass du recht bald eine Straf-Lektion brauchen würdest, aber nicht so bald."

„Strafe?", schrie ich. „Du hast doch gesagt, dass du mir etwas über Trion beibringst!"

„Das tue ich. Angefangen hiermit."

Ich hörte das Schnalzen seiner Hand

auf meinem Po, bevor ich es fühlte. Ein scharfes Stechen brannte sich über meine nackte Haut.

„Tark! Lass das, du überheblicher... Mistkerl!"

Er schlug mich noch einmal. Und noch einmal. Jedes Mal schlug seine Handfläche auf einer neuen Stelle auf. Schon bald fühlte sich meine Haut an, als würde sie in Flammen stehen, stechend und heiß.

Ich stöhnte, mein Haar fiel mir übers Gesicht und ich strich es zur Seite. Nach einem besonders harten Klatsch mit seiner Hand griff ich nach hinten und versuchte, meinen Po zu bedecken. Anstatt ihn dadurch abzuhalten, umfasste er einfach meine Handgelenke mit seiner freien Hand und machte weiter.

„Bist du jetzt bereit, zuzuhören... mit geschlossenem Mund?", fragte er und streichelte über meine erhitzte Haut.

Bestimmt war sie leuchtend rot und geschwollen.

Aus Angst, ein Wort zu sagen, nickte ich nur mit dem Kopf und sackte dann über seinem Schoß zusammen.

„Ach, *Gara*. Deine Unterwerfung zu sehen, bereitet mir Freude." Bevor ich über diese Aussage überhaupt nachdenken konnte, fuhr er fort. „Wir sprechen hier auf Trion mit Ehrerbietung. Ich meine, dies wird auch als Manieren bezeichnet."

Ich fischte mir eine Haarsträhne aus dem Mund und mir wurde klar, dass Tark mich als jemanden ohne Manieren ansah. Dachte er denn, dass die Erde voll von Wilden war?

„Es steht dir nicht zu, mit dem Arzt zu diskutieren. Es ist meine Aufgabe, dies an deiner Stelle zu tun. Er war unverschämt, wie du sagtest, aber es war meine Aufgabe als dein Partner, deine Ehre zu verteidigen. Deine Stellung als Frau in dieser Gesellschaft zu verteidigen. Dich zu beschützen. Als du dich einmischtest, hast du mir das weggenommen und mich dadurch ebenfalls entehrt."

Das war zwar ein wenig altmodisch, aber ich konnte die Logik dahinter verstehen. Ich strich mit den Fingern über den glatten Bodenbelag. Es war seltsam, ein Gespräch zu führen, während mein Gesicht so nahe am Boden war, aber es war ja auch seltsam, gezüchtigt zu werden. Nun, überhaupt auf Trion zu sein, war schon seltsam. „Du meinst, ich habe mich dir unterzuordnen?"

„Bist du mit den Sitten und Bräuchen auf Trion vertraut?"

Ich schüttelte den Kopf.

„Bin ich dir vertraut?"

Ich schüttelte erneut den Kopf.

„Doktor Bron oder die Untersuchung, die er an dir vornehmen wollte?"

„Nein", antwortete ich.

„Wenn ich auf der Erde auftauchen

würde, würdest du nicht wünschen, dass du mit mir sprechen könntest, mich anleiten, während ich lerne, mich zurechtzufinden?"

Ich biss wieder die Zähne zusammen. Ich hasste es, dass seine Argumentation nicht unbegründet war.

„Ja."

Er gab meine Handgelenke frei und half mir, aufzustehen, nahe genug, dass ich zwischen seinen gespreizten Beinen zu stehen kam. Mein Po war heiß und brannte von den Hieben. Er war so groß, dass seine Augen nicht auf gleicher Höhe mit meinen Brüsten waren. Das hieß nicht, dass ich mich deswegen weniger bloßgestellt und verletzlich fühlte, jetzt sogar noch mehr, da er mir mein Fehlverhalten vor Augen geführt hatte.

„Ich muss mir dein Implantat ansehen."

Seine Worte rissen mich aus meinen Gedanken. Es überraschte mich, wie bereitwillig er das Thema wechseln konnte. Er hatte mir meine Strafe erteilt, und jetzt gingen wir zum nächsten Punkt über?

„Ich nehme an, dein Neuroprozessor funktioniert ordnungsgemäß, da du alles zu verstehen scheinst, was man dir sagt."

Ich verzog das Gesicht. „Wie bitte?" Wovon redete er da? Was für ein Neuroprozessor?

„Keine Angst, meine Kleine." Ich war durchschnittlich groß und etwa zwei Kleidergrößen breiter, als ich gemäß den medizinischen Tabellen auf der Erde sein sollte. Ich war nicht *klein*, aber jetzt, wo ich so vor meinem neuen Partner stand, fühlte ich mich geradezu winzig, und sehr, sehr weiblich.

Tark hob seine Hände an meinen Kopf und strich mit seinen Fingern seitlich an meinem Gesicht hoch bis an die Schläfen, knapp über meinen Augen. Er musste gefunden haben, wonach er suchte, denn als er ganz sanft zudrückte, spürte ich zwei fremde Knubbel in meine Schädelknochen drücken. Es tat nicht weh, aber fühlte sich definitiv merkwürdig an.

„Was ist das denn?" Sobald Tark seine Hände entfernt hatte, hob ich meine eigenen zitternden Finger an die gleiche Stelle und fühlte die kleinen Knubbel unter meiner Haut.

„Es sind moderne Neuroprozessor-Units, oder NPUs. Alle modernen Mitgliedsrassen des Interstellaren Bräute-Programms bekommen sie bei der Geburt eingepflanzt. Die NPUs erhöhen die Kapazität deines Gehirns, Sprachen und Mathematik zu verarbeiten und zu lernen, und verbessert das Gedächtnis. Wir unterhalten uns gerade in der Hauptsprache meines Planeten, die vor deiner Ankunft auf deine NPUs geladen wurde."

Ach Du Scheiße. Ich war jetzt also ein Cyborg oder sowas? "Ich habe Alien-Technologie in meinem Kopf implantiert? Laufen da kleine Kabel zu meinen Gehirnzellen? Wie integriert sich das NPU-System in das organische Gewebe und kommuniziert mit ihm?" Mein medizinisch geschulter Verstand hatte hundert Fragen und keine Antworten.

Tarks Augen wurden groß, und seine Lippe zuckte. "Na, du bist vielleicht neugierig."

Anstatt meine Fragen zu beantworten, blickte er auf den Tisch in der Mitte des Raumes. "Leg dich wieder hin, Evelyn Day." Seine Stimme war immer noch tief, aber ihr fehlte die bissige Schärfe, die sie hatte, als er mich verprügelte.

Ich konnte meinem Partner nicht entkommen, oder dem, was er mit mir vorhatte. Ich konnte es versuchen, aber entschied mich dagegen, da mein Hintern sehr weh tat und noch unter den Konsequenzen meiner vorigen Taten zu leiden hatte. Während der Arzt meinen Zorn entfacht hatte, weckte Tark in mir völlig andere Gefühle. Ich war nicht froh darüber, dass er mich verprügelt hatte—ganz und gar nicht—aber er hatte ein gutes Argument geliefert, und ich *war* im Unrecht gewesen. Mir gefiel, dass nach Erteilung der Strafe das Thema damit abgeschlossen war. Also beschloss ich, dass auch ich es hinter mir lassen sollte. Davon lernen wollte ich natürlich, da ich nicht wünschte, es noch einmal erleben zu müssen. Ich fasste nach hinten und rieb mir sanft über die heiße Haut.

Eigenartig. Er hatte etwas an sich. Seine Kraft, sein beschützendes Gehabe —er hatte mich vor dem Arzt beschützt— und seine Dominanz hatten einen starken Reiz. Wenn ich mir ansah, wie gut sich sein großer Körper unter der dunklen Kleidung abzeichnete, wollte ich ihm

Freude machen. Davon abgesehen juckte es mir in den Fingern, über seinen Arm zu streichen und seinen Bizeps zu fühlen, über seine breiten Schultern, seine Brust entlang. Bestimmt würden seine Bauchmuskeln hart und wohlgeformt sein. Und weiter unten…

Ich ging zum Tisch hinüber, und Tark folgte. Er legte die Hände an meine Hüften und hob mich auf die metallene Oberfläche. Ich zischte auf, als das kühle Metall meinen überhitzten Po berührte.

„Leg dich hin", befahl Tark.

Ich leckte mir über die Lippen und legte mich auf den Tisch zurück, während ich zusah, wie seine Augen über meinen Körper streiften. Anders als der Arzt blickte Tark mich zwar eindeutig mit Erregung an, aber auch mit einer Art Ehrfurcht. Ich konnte deutlich das hitzige Schweifen seines Blickes spüren, als würden in Wahrheit seine Finger die Kurven meines Körpers nachzeichnen.

„Wie ich schon sagte, musst du untersucht werden, um sicherzustellen, dass du gesund bist. Ich habe viel mit dir vor, *Gara*."

Ich konnte nicht anders, als mir beim heiseren Klang seiner Stimme über die Lippen zu lecken.

„Ich werde dich nun berühren."

Ich stöhnte auf, als seine Hand sich um meine Brust legte. Die Berührung war sanft, und doch fühlte ich raue Schwielen auf seiner Handfläche.

Er sah zu, wie sich mein Nippel zusammenzog, dann strich er mit dem Daumen über die steife Wölbung und spielte mit dem goldenen Ring.

„Wofür... wofür sind die Ringe?", fragte ich mit leiser Stimme. Mir schauderte bei dem Gedanken daran, dass ein Fremder—der zugleich mein Partner war—mich berührte.

„Wir schmücken unsere Frauen und finden die Ringe sowohl hübsch aus auch erregend." Er betrachtete meine Brust, während er sprach. „Alle unsere Partnerinnen bekommen Ringe in ihre Nippel. Es ist ein Zeichen von Besitz und Respekt."

„Sie tun nicht weh", sagte ich.

Da lächelte er. „Das hoffe ich auch. Meine Berührung soll dir Lust bereiten, *Gara*, sonst nichts."

Nein, sie taten überhaupt nicht weh. Vielmehr fühlte sich das sanfte Ziehen und Zerren des Metalls wunderbar an. Meine Nippel waren immer schon empfindlich gewesen, aber nun streckte ich meinen Rücken durch, um mich fester in seine Hand zu pressen.

„Du wurdest gemäß unserer gesellschaftlichen Bräuche abgefertigt. Für gewöhnlich dauert es mehrere Wochen, bis die Ringe abgeheilt sind, und ich hatte nicht die Absicht, so lange zu warten, bis ich dich...hier berühre." Er schnippte gegen den Ring, und ich stöhnte auf. „Ein Vorteil des Transfers... für uns beide."

„Und die Kette?"

Tark hob die Kette hoch, und mir fiel auf, dass ein kleines Wappen in mehrere winzige goldene Scheiben eingeprägt war, die in die schimmernde Schnur eingearbeitet waren. „Dieses Symbol ist mein Geburtswappen und das Wappen meiner Ahnen. Es bedeutet, dass du mir gehörst. Bis ich dich endgültig in Besitz genommen und markiert habe, gilt es dir auch zum Schutz."

„Schutz?" Ich verstand nicht, wie Ringe in meinen Nippeln mich vor irgendetwas beschützen konnten, aber solange er mit ihnen weiter spielte, war es mir auch egal.

„Niemand wird es wagen, den Besitz des Obersten Ratsherren anzurühren." Er klang wie ein besitzergreifender Höhlenmensch. „Genug gefragt. Leg die

Hände über deinen Kopf und lass mich meine Partnerin untersuchen."

Ich erstarrte, meine Hände vor mir verschränkt. „Tark, ich will nicht—"

„Das hier..." Er senkte seine Hand ein wenig und zupfte sanft an der Kette, was ein lustvolles Brennen von beiden Nippeln direkt an meinen Kitzler sandte, „...ist außerdem ein Werkzeug, das ich einsetzen werde, um dir Gehorsam beizubringen, *Gara*. Nur eine der vielen Arten, auf die dein Körper lernen wird, sich meinem hinzugeben—und dich davon abzuhalten, zu widersprechen."

Er ließ die Kette los, und sie fiel wieder auf meine Haut zurück, das zuvor kühle Metall von seiner Berührung erwärmt. Tark umschloss sanft meine beiden Handgelenke mit seinen großen, starken Händen und manövrierte mich vorsichtig herum, bis meine Hände über meinem Kopf auf dem

Untersuchungstisch lagen, wie er es verlangt hatte.

„Oder ich kann dich auf den Bauch drehen und noch einmal verprügeln. Du hast die Wahl."

Ich verdrehte beinahe die Augen, aber das würde er mit Sicherheit als Unverschämtheit ansehen.

„Das ist nicht wirklich eine Wahl", brummte ich.

Er schenkte mir ein kleines Lächeln. „Du lernst schnell, *Gara*. Hör zu, ich werde dir niemals Schaden zufügen. Aber ich werde auch nicht zulassen, dass du dir selbst schadest. Bron"—er spuckte den Namen des Mannes geradezu hervor—„ist neu in meine Dienst, und nach diesem Vorfall werde ich umgehend einen neuen medizinischen Offizier bestellen, sobald wir zum Palast zurückkehren. Ich würde nicht zulassen, dass er meinen *Frim* behandelt, geschweige denn meine Partnerin."

Also war er vorhin nicht auf der Seite des Arztes gewesen. Wenn ich vorhin nur ruhig geblieben wäre, so hätte Tark den Mann fortgeschickt und ich wäre nun genau in der gleichen Lage—ohne den schmerzenden Hintern.

Tarks düsterer Blick hob sich von meinen aufragenden Brüsten zu meinem Gesicht. „Ich werde dich nun berühren, und du musst mir sagen, ob du vom Transfer irgendwelche Schmerzen oder Beschwerden hast."

Seine Hände strichen über meine nackten Arme zu meinen Brüsten, über die Kurven meiner Rippen zu meinen Hüften. Gänsehaut lief mir über die Haut. Er erlernte meinen Körper, als wäre ich ein faszinierendes Beispielexemplar von etwas, das er noch nie zuvor gesehen hatte —und nicht unbedingt auf sexuelle Art. Aber seine sanfte Berührung besänftigte meine Furcht. Als ich mich nicht mehr hinter der Furcht verstecken konnte,

konnte ich nicht anders, als mich auf andere Dinge zu konzentrieren.

Die Wärme seiner Hände. Das Rasen meines Herzens. Seine Berührung war wie Feuer auf meiner Haut, und er war *äußerst* gründlich. Trotz der geistigen Argumente dagegen, einem Fremden zu gestatten, mich so intim zu berühren, und trotz all der Anstrengungen der letzten paar Wochen wusste mein Körper genau, was zu tun war und was ich wollte. Ich reagierte mit solch starkem Verlangen, dass es mich erschreckte. Seine Hände streiften meine Beine hoch und glitten zwischen meine Schenkel.

Ich stöhnte bei der zärtlichen Berührung, und mein Körper bäumte sich vom Tisch hoch, als hätte ich einen elektrischen Schlag bekommen. Ich presste die Knie zusammen und fixierte so seine Hand. Er ließ meine Handgelenke los und strich über die sanfte Rundung meines Bauches, bis er die Kette fand und zart an ihr zog. Ich schrie auf und schloss die Augen. Beim Anblick von ihm über mir, so dominant, so intensiv, hatte ich Gedanken, die mir nie zuvor in den Sinn gekommen wären. Wie etwa einem völlig Fremden zu gestatten, mit meiner Pussy zu spielen. Nein, nicht nur gestatten, sondern es zu wollen. Ich wollte, dass mein Partner mich berührte.

Was zum Geier war los mit mir? Hatte ich beim Transfer den Verstand verloren? Hatte er mich so geil gemacht? War eine Art sexueller Neuroprozessor-Stimulator im Spiel, der meine Libido erhöhte? Andererseits konnte es auch an dem Testosteron liegen, das ihm aus den Poren strömte.

„Öffne die Beine, *Gara*. Sofort. Hab keine Angst."

„Ich habe keine... ich bin nicht..." Ich hatte keine Angst davor, dass er mir wehtun würde. Ganz im Gegenteil. Ich hatte Angst vor mir selber, Angst, dass ich ihm alles geben würde, was er nur wollte. Ich kannte ihn überhaupt nicht, aber seine zärtlichen Hände und strengen Befehle drohten, alle meine Hemmungen zu durchbrechen, alle meine Regeln über Männer. Dabei war ich ihm gerade erst begegnet.

Ich spürte, wie er näherkam, und sein Mund umschloss meinen Nippel; seine Zunge umkreiste ihn und spielte mit dem kleinen Ring, und ich stöhnte vor Genuss auf. „Öffne dich für mich, Partnerin. Lass mich ansehen, was mir gehört."

Seine Berührung. Sein Kuss. Seine Wärme.

Mein Partner. *Mein Eigen.* Er gehörte mir ebenso sehr, wie ich ihm gehörte. Zumindest jetzt in diesem Moment.

Ich öffnete langsam meine Knie und öffnete die Augen, während er sich von meinen Brüsten weg und näher zu meiner Mitte bewegte.

Ich stützte mich auf die Ellbogen und blickte an meinem Körper hinunter, und wieder wurden meine Augen groß. „Ich habe keine Haare." Ich dachte mir schon, dass es sich anders anfühlte... da unten, aber ich war von den Nippelringen und der Kette und den Hieben zu abgelenkt gewesen, um zu bemerken, dass meine Pussy kahl gemacht worden war.

„Ist das angenehm für dich?" Er stellte die Frage, dann beugte er sich tief hinunter und hauchte sanft auf meine Schamlippen. Er hatte vielleicht noch nie eine Erdenfrau berührt, aber er wusste eindeutig, was zu tun war. Er blies noch einmal, und ich schauderte. Er starrte nun, sein Gesicht so nahe, dass er gewiss meinen Duft riechen konnte, und ich fragte mich...

„Bin ich... so geformt wie die Frauen auf deinem Planeten?"

„Mmmh."

Ich dachte, dass er meine Frage

ignorierte, aber anscheinend hatte er beschlossen, mich zu erforschen. Tark nahm etwas von einem Seitentisch auf, und einen Augenblick später wurde ein kalter, harter Gegenstand langsam in meine Mitte eingeführt. Ich drückte mich mit Armen und Beinen ab, um ihm zu entkommen.

„Aufhören. Was machst du mit mir?"
„Halt still."

Ich schüttelte den Kopf, erschrocken und überrascht über den Gegenstand. Er packte mich wieder an den Handgelenken und schnallte mich leichtfertig an die Handschellen am Ende des Tisches. Ich lehnte den Kopf zurück und blickte auf meine Fesseln. Ich zerrte an ihnen, aber es war zwecklos. Sie gaben nicht nach. Es war wie in dem Traum im Abfertigungszentrum: Ich war gefesselt, und ein Mann berührte mich. Ich konnte spüren, wie bei der Erinnerung daran meine Pussy feucht wurde. Ich wehrte mich gegen die Fesseln, und das machte mich nur noch feuchter. Die Anzeichen meiner Erregung tropften unter dem Dildo hervor, der mich füllte. Ich war gefesselt, während ein Mann von so enormer Größe über mir türmte, dass er mir großes Leid zufügen könnte, und doch wollte er nichts als mir Lust zu bereiten—seltsame, unbekannte und beängstigende Lust. Mein Hintern tat weh von seinen Hieben von vorhin, und ich konnte nichts tun, als mich hinzugeben.

Tarks große Handfläche legte sich auf meinen Bauch, und ein seltsam surrendes Gefühl in meiner Mitte begann, gefolgt von einer Wärme, die sich von meiner Pussy aus über meinen Hintern ausbreitete, tief in meinem Innersten, über meine Schamlippen hinaus und höher, zu meinem Kitzler, wo sie einfuhr wie ein elektrischer Schlag. Dies übertraf jeden Vibrator, den ich je gesehen—oder gefühlt—hatte.

„Oh!" Meine Hüften zuckten bei dieser überwältigen Sinneserfahrung, und Tarks dunkler Blick beobachtete wie hypnotisiert meine Reaktionen.

Das eigenartige Gerät in meiner Pussy piepte drei Mal, dann zappte es erneut meinen Kitzler. Ich könnte es mit keinem anderen Wort beschreiben. Es tat nicht weh, ganz im Gegenteil sogar. Es fühlte sich unglaublich an, und das war das Problem. „Lass dich gehen, Partnerin. Gibt dich der Untersuchung hin, so wie du auch lernen wirst, dich mir hinzugeben."

3

„*D*ies ist keine Untersuchung. Dies ist—" Ein starker Stromstoß floss durch die Wände meiner Pussy zu meinem Hintern, und ich musste darum kämpfen, die Kontrolle über meinen Körper zu behalten. Aber ein weiteres Zappen an meinem Kitzler brachte mich an den Gipfel. Meine Pussy und mein Bauch pulsierten und zuckten so stark, dass ich das Gefühl hatte, es würde mich zerreißen. „Oh mein Gott."

Mein Körper bäumte sich vom Tisch auf, völlig außer Kontrolle. Ich wehrte mich gegen die Fesseln an meinen Händen. Zitternd und erschöpft wandte ich mein Gesicht von meinem neuen Partner ab. Ich versuchte, Atem zu schöpfen, während ich die Tränen zurückhielt. Das Gerät in mir schaltete auf ein leises, kaum spürbares Summen zurück. Aber nach dem überwältigenden Schock des erzwungenen Orgasmus fiel es nicht schwer, das leichte Vibrieren zu ignorieren.

Tark nahm den Druck seiner Hände von meinem Bauch und meinen Schenkeln und fasste zwischen meine Beine, um den Fremdkörper aus meiner Pussy zu entfernen. Ich wollte davonlaufen und mich verstecken, aber ich war gefesselt. Wie hatte ich nur so stark auf ein dämliches kleines medizinisches Gerät reagieren können? Was hatte er mit mir angestellt?

Er blickte auf einen Bildschirm, der mit dem stumpfen silbernen Gerät verbunden war, und nickte. „Ausgezeichnet, Evelyn Day. Die medizinische Sonde zeigt an, dass du fruchtbar bist, frei von Krankheiten, und sowohl dein reproduktives System als auch dein Nervensystem optimal funktionstüchtig sind."

„Lass mich frei." Ich versuchte, die Beine zu schließen, aber er hielt sie an den Knien offen.

Er blickte mich mit dunklen Augen an und sagte: „Du gehörst nun mir und ich werde dich nicht freilassen. Nicht, wenn dein Körper so begierig darauf ist, mich kennenzulernen."

„Begierig?", zweifelte ich. „Du hast mir diese Lust aufgezwungen. Sieh mich nur an! Ich bin an einen Tisch geschnallt und mein Hintern, mein Hintern tut weh." Eine Träne lief meine Wange hinunter.

Er wischte sie mit einem Finger weg und antwortete: „Der Test war notwendig. Es ist doch nichts dabei, sich einen kleinen Genuss zu gönnen, während man sich ihm unterzieht. Während du dich mir hingibst."

Ein starker, runder Finger fuhr über meine Furchen, und ich schämte mich dafür, wie leicht er durch meine Feuchte glitt. „Siehst du? Es macht dich feucht. Gefesselt und für mich geöffnet zu sein, das gefällt dir."

„Woher willst du das wissen?", schoss ich zurück.

„Weil du meine Partnerin bist. Bezweifle und bekämpfe nicht, was perfekt aufeinander abgestimmt ist." Er fand meinen Kitzler, und meine Hüften stemmten sich ihm entgegen, ihm zu Befehl und gierig nach seinen forschenden Berührungen. Es war klar, dass mein Körper und mein Geist nicht im Einklang waren.

„Du bist in der Tat unseren weiblichen Wesen sehr ähnlich. Mein Finger sollte dir hier gut tun... und hier."

Ich schüttelte den Kopf. „Sollte...sollte er nicht", entgegnete ich.

Er benutze nun drei Finger, sein Daumen an meinem Kitzler, während er zwei weitere tief in mich gleiten ließ.

„Es ist dir erlaubt, dass du von meiner Berührung kommst, auch wenn wir einander nicht kennen. Unsere Körper, unser Verstand, unsere tiefste Seelen sind verbunden. Gib dich hin, *Gara*."

Meine Arme begannen zu zittern, und ich ließ mich auf den Tisch sinken. Er fickte mich mit seinen Fingern und fand den empfindlichen Punkt in meinem Inneren. Während die Sonde intensive Lust hervorgerufen hatte, brachten seine Finger mir völlig andere Empfindungen. Sie waren viel geschickter, und sie waren ein Teil von ihm. Immer noch erregt von meiner *Untersuchung* stöhnte ich auf und kreiste mit den Hüften unter seiner Hand, gierig nach mehr, unfähig, meinem Körper das dringende Begehren zu versagen, in seiner Hand zu kommen.

„Ja, du bist sehr ähnlich. Ach, meine Partnerin, ich kann an deiner Reaktion sehen, dass ich die geheime Stelle in deinem Inneren gefunden habe, die deine Lust vorantreiben wird. Siehst du? Ich habe deine Hände in den Fesseln belassen, weil ich weiß, dass dir das gefällt. Es erhöht deinen Genuss."

Er hatte die Stelle wirklich gefunden, so wie alle anderen verborgenen Punkte, die mich scharf machten. Wenn er noch lange so weiter machte, würde er mich noch einmal zum Kommen bringen. Ich stöhnte nun und war ganz feucht, und höchst beschämt darüber, dass ich so stark auf ihn reagierte. Einen völlig Fremden. Das konnte doch nicht mit mir geschehen. Es musste eine rationale Erklärung geben. „Verabreichen sie Frauen irgendwelche Mittel, wenn sie sie transferieren?"

„Nein." Sein Blick änderte sich schlaghaft, von großzügig und verwöhnend zu kalt und beleidigt. „Wir verabreichen Frauen keine Drogen zu unserem Vergnügen. Wie du selbst spürst, ist das nicht notwendig. Tun die Feiglinge auf der Erde das mit ihren Partnerinnen?"

„Manche." Ich hatte ihn beleidigt, und das hatte ich nicht gewollt. Aber ich fragte mich ernsthaft, was um alles in der Welt mit mir los war? „Es tut mir leid, es ist nur..."

„Kein Mann von Wert braucht Drogen, um seine Partnerin zu verführen." Langsam und bedächtig entfernte er seine Hand aus meiner Pussy, und ich fühlte mich verlassen. Hilflos. Schwach. Er griff hoch und befreite erst ein Handgelenk, dann das andere, von den Fesseln. Als sich erneut die Tränen in meinen Augen sammelten, war mir ohne Zweifel klar, dass ich meinen verdammten Verstand verloren hatte. Vielleicht hatten mich die letzten paar Tage endlich eingeholt. Der Mord, dessen ich Zeuge wurde. Der Plan, mich vom Planeten zu schicken, damit ich verborgen und in Sicherheit. Die neue Identität und die Abfertigung. Der Horror dessen, auf eine neue Welt geschickt zu werden, zu einem Mann, dem ich noch nie begegnet war.

„Es tut mir leid, Tark. Ich wollte dich nicht verletzten."

„Du bist müde und auf einer neuen Welt." Ich durfte nun zusehen, wie er sich seine nass-glänzenden Finger in den Mund steckte und grinste.

Oh mein Gott, er schmeckte mich. Es war ein äußerst erotischer Anblick, und ich drückte die Beine zusammen, um den Drang zu schwächen.

„Süß. Wie eine *Rova*-Frucht."

Ich konnte nicht antworten, denn was sagt man schon zu einem Mann, der gerade meine Pussy-Säfte von seinen Fingern geleckt hatte?

„Während du schliefst, haben Brons Standardscans keine weiteren medizinischen Probleme festgestellt. Da du auf diese letzte Untersuchung nur mit Lust—nicht mit Schmerz—reagiert hast, werde ich annehmen, dass der Transfer einfach zu viel war für deinen zerbrechlichen weiblichen Körper, und du viel Ruhe brauchtest."

Ich konnte nur nicken. Ich sollte Scham oder Furcht oder Peinlichkeit darüber empfinden, dass Tark mich so intim berührt hatte. Ich war immer noch nackt, bloßgestellt und verletzlich, und ohne Zweifel unter seiner Kontrolle. Ich konnte alle diese Dinge spüren, aber mein Verstand und mein Körper waren miteinander im Kampf, da ich mich unter seiner Berührung so sicher fühlte, so begehrenswert und so, so sehr erregt.

Mir war nicht bewusst, dass Goran zurück war, bis er sprach. „Der Arzt befindet sich im letzten Konvoi zu Außenposten Siebzehn."

Tark wandte den Blick nicht von mir ab. „Gut. Ist alles bereit?"

„Ja, Sir."

Tark legte die silberne Sonde zur Seite, richtete sich zu voller Höhe auf, beugte sich zu mir, um mich hochzuheben, und setzte mich vor sich auf die Füße. Ich konnte nun sehen, wie das Gerät aussah. Es war eindeutig ein außerirdischer Dildo. Wenn sie die auf der Erde verkaufen würden, würde Tark ein Vermögen verdienen.

Goran reichte Tark eine Decke, die er mir wie einen Umhang umlegte.

„Von diesem Moment an gehört dein Körper mir. Kein anderer Mann soll ohne Erlaubnis sehen, was mir gehört. Ist das klar?"

Ohne Erlaubnis? Hieß das etwa, dass er es erlauben würde? Ich war verwirrt, aber bevor ich fragen konnte, hob er mich in seine Arme und trug mich aus dem Zelt, hinter Goran her. Die Luft war warm und trocken, aber es war dunkel. Die einzige Beleuchtung kam von kleinen Solarstäben, die in präzisen Abständen am Boden entlang leuchteten. Ich konnte lediglich die Umrisse zahlreicher Zelte erkennen. Tark und Goran bewegten sich wie Geister, ihre Schritte geräuschlos. Es waren nicht viele Leute unterwegs; womöglich war es spät in der Nacht. Ein Tierlaut ähnlich einem wiehernden Esel brach durch die Stille. Die Schritte der Männer waren zu leise für ihre Größe.

Ich blickte hinunter und erkannte, dass Tark mich über ein weites Sandmeer trug, wie ich an den Rändern im Zelt für medizinische Untersuchungen schon hatte erkennen können. Ich war in eine Art Wüstencamp transportiert worden. Er hatte vorhin den Namen genannt... Außenposten irgendwas. Ich konnte mich nicht erinnern.

Goran hielt eine weitere Zeltklappe auf—sie sahen in der Dunkelheit alle gleich aus—und Tark duckte sich, um mich hineinzutragen und mich auf die Füße zu setzen. Weiche Teppiche waren wie Patchwork ausgelegt und bedeckten vollständig den Sand, den ich darunter wusste. Ein Bett aus weichen Decken und Fellen stand an einer Seite des Zeltes, und ein kleiner Tisch, der über und über mit Schalen voll fremd aussehender lila und blauer Früchte beladen war, stand auf der anderen.

„Dies ist mein Zelt für unseren Aufenthalt auf Außenposten Neun. Wie ich feststellen konnte, bist du vom Transfer nicht verletzt und leicht zu erregen."

Tark führte mich an einen seltsamen Tisch in der Mitte des Raumes, stellte mich direkt davor auf und zog die Decke von meinen Schultern. Meine Brüste schwangen bei jeder Bewegung, die Kette streifte über meinen Bauch und zerrte an meinen Nippeln. Sie kribbelten von der Bewegung und dem Gewicht.

Meine Wangen loderten bei seinen Worten auf, und ich schoss Goran einen Blick zu. Der Gesichtsausdruck des Mannes war emotionslos. Was hatte es damit auf sich, dass wir in seinem Zelt waren?

„Nun werde ich dich ficken", fügte Tark hinzu. Er sprach, als hätte er gerade gesagt, dass er mich zum Supermarkt fahren würde. Dies war nicht die Erde, und Tark redete eindeutig nicht um den heißen Brei herum.

Meine Augen wurden groß. Ich zerrte an seiner Hand, als eine Panik in mir aufstieg. „Was? Warum? Wir... warte! Ich will das nicht."

Er ließ mich nicht los, aber seine freie Hand begann, mir über den nackten Rücken zu streichen. Wie konnte seine Berührung nur so warm sein?

„Als dein Partner, *Gara*, kenne ich deine wahren Gelüste. Ich weiß und verstehe auch, wie ich dich hier, auf meiner Welt, beschützen kann. Vergiss nicht, ich gebe dir vielleicht nicht immer, was du willst, aber ich werde dir immer geben, was du brauchst."

Diese Antwort gefiel mir ganz und gar nicht. Wie wollte er meine wahren Gelüste kennen? Wir waren einander gerade erst begegnet. Meine Pussy jedoch zog sich unter dem fortwährenden Nachhall des medizinischen Gerätes zusammen. Dämliches, dildoförmiges Gerät.

„Ich *brauche* nicht gefickt zu werden", entgegnete ich, obwohl ich gar nicht erst auf meine Nippel hinunterblicken musste, um zu wissen, dass sie sich aufgerichtet hatten, als er seine Absichten verkündet hatte. Als er mit seinen Fingern in meiner Pussy gespielt hatte, hatte er mich nur noch erregter und hungriger zurückgelassen. Unerfüllt.

Er grinste mich an und sah so anders aus, so gutaussehend, dass mir der Atem im Hals steckenblieb.

„Bist du dir da so sicher? Erst vor ein paar Minuten warst du tropfnass unter meinen Fingern. Du hast vor Lust aufgeschrien während der Neurostimulation. Ich habe deine Säfte von meinen Fingern geleckt. Leugnest du das jetzt etwa?"

Ich versuchte, mich ihm zu entwinden, aber er war zu stark. Er strich mit seinen Fingern wieder über meine Furchen, dann hob er die Hand, sodass wir beide sehen konnten, wie schimmernd nass sie war.

Meine Wangen wurden feuerrot.

„Dein Körper widerspricht deinem Verstand. Gehorche mir, oder du wirst wieder bestraft."

Ich schluckte bei dem

einschüchternden Ton in seiner Stimme und spürte immer noch das Brennen auf meinem Po. „Schon wieder? Aber ich habe doch nichts getan!"

Tark seufzte. „Du denkst zu viel nach. Manchmal ist eine Strafe genau das, was du *brauchst*." Er zerrte mich näher an den kleinen Tisch heran, obwohl meine Füße langsamer wurden und seinen Fortschritt aufhielten.

„Gehorche", wiederholte er und blickte auf mich hinunter. „Beug dich über den Tisch."

Ich blickte auf den merkwürdigen Tisch, gewiss nicht die Art von Möbelstück, von dem ich essen würde.

„Warum?", fragte ich mit verzerrtem Gesicht.

Er seufzte noch einmal, aber blieb ruhig. „Sind alle Erdenfrauen so widerspenstig und neugierig, oder bist nur du so?"

Mit einer Hand auf meinem Rücken

beugte er mich über den Tisch. Seine Berührung war sanft, aber die Absicht dahinter war klar. *Er würde seinen Willen haben, und tief in mir drin wollte ich das auch.*

Der Tisch war schmaler, als ich zuerst dachte, gerade breit genug, um meinen Bauch zu bedecken. Ich zischte, als die kalte Oberfläche sich an meine Haut presste. Meine Brüste hingen nach unten, und die Kette baumelte. Ich spürte, wie der Tisch sich automatisch anhob, bis nur noch meine Zehen auf dem Teppich waren. Tark hockte sich hin und fixierte mein rechtes Fußgelenk mit einem glatten Lederriemen an einem Tischbein, dann das linke an einem anderen. Ich versuchte, auszutreten, aber die Mühe war vergeblich. Die Fesseln hielten sehr gut.

„Du kannst dich gerne gegen die Fesseln wehren, aber es wird nichts nutzen", raunte Tark und richtete sich wieder auf, um meinen Rücken wieder nach unten zu drücken. Seine Stimme war hart. Vornübergebeugt, wie ich war, drehte ich meinen Kopf herum und blickte ihn an, aber mein langes Haar war im Weg. Seine Augen waren so dunkel. So intensiv. Sein breiter Kiefer war angespannt. „Der Vorgang der Besitznahme muss vollzogen werden, damit kein anderer versucht, dich anzurühren." Tark fuhr mit seiner Hand mein Rückgrat entlang, jede Kurve und Wölbung sanft erkundend. „Du wirst gefickt werden. Deine einzige Wahl ist es, ob du davor wieder Schläge von mir bekommst."

Er strich mit der Hand über meinen schmerzenden Po, und ich zuckte zusammen. Es tat nicht allzu weh, aber es war auf jeden Fall ein Merkzettel. Er würde tun, was er gesagt hatte.

Mein Verstand ging auf etwas anderes ein, das er gesagt hatte. Andere?

Versuchen, mich anzurühren? Würden die auch versuchen, mich in Besitz zu nehmen? Würde irgend so ein Arsch wie Bron versuchen, mich zu ficken? Der Gedanke daran gefiel mir gar nicht.

Tark nahm meine Hände, legte sie an kleine Griffe und band meine Handgelenke an den anderen Tischbeinen fest. Sobald ich zu seiner Zufriedenheit befestigt war, stand er auf. Ich wusste, dass mein roter Hintern und meine Pussy zur Schau standen, und die Feuchtigkeit zwischen meinen Beinen fröstelte mich leicht, als die Luft über mein nacktes Fleisch wehte. Ich war noch nie so verletzlich und so erregt gewesen.

Ich war noch nie zuvor beim Sex festgebunden gewesen, bestimmt nicht auf diese Weise. Das Gefühl der Fesseln, die sich um meine Hand- und Fußgelenke wanden, war eng, aber auch seltsam befreiend. Mein Verstand kämpfte gegen alles an, was Tark tat. Meine Gedanken

An einen Partner vergeben

waren seit meiner Ankunft jedes Mal, wenn mein Körper auf ihn reagiert hatte, mit Schuld- und Schamgefühlen erfüllt. Aber nun befreiten mich diese Riemen. Wie mit den Handfesseln, während er mich mit diesem Dildo-Ding *untersucht* hatte, konnte ich nur aufgeben und die Kontrolle an Tark übergeben. Er würde tun, was er wollte—was er meinte, dass ich brauchte—und ich konnte gar nichts tun, auch jetzt nicht, außer mich hinzugeben. Ich hatte keine Entscheidung zu treffen, keine Schuld, die ich wegen meiner Wahl fühlen musste. Niemand würde mich verurteilen oder eine Hure nennen, wenn ich hart und fest genommen werden wollte. Und hier, jetzt, vornübergebeugt und kurz davor, von dem größten Mann gefickt zu werden, den ich je gesehen hatte, konnte ich eingestehen, dass ich genau so genommen werden wollte.

Tark war mein Partner. Auf mich

abgestimmt. Auf mich alleine. Er hatte mir die Wahl abgenommen, und mich genau dadurch auf seltsame Art frei gemacht.

„Tark, ich—"

„Du wirst mich Meister nennen."

„Meister?" Ich verzog das Gesicht. „Ist das dein Ernst, weil—"

Ein harter Klaps auf meinen Hintern ließ mich den Rest meiner Worte hinunterschlucken. Er war härter als die Hiebe von vorhin, und ich schrie auf.

„*Gara*, widerspenstige *Gara*. Was du brauchst, ist, so richtig gut gefickt zu werden." Er beugte sich vor und schnippte gegen die Kette an meinen Nippeln, die zu schwingen begann. Ich stöhnte auf bei dem köstlichen Gefühl. „Nimmst du meinen Besitz an, *Gara*? Nimmst du meinen Schutz und meine Hingabe an?"

Ich ließ den Kopf hängen. Guter Gott. Ich saß wahrlich und wahrhaftig in der

Falle... ein letztes Zerren an meinen Fesseln bestätigte mir das. Tark hatte mich erregt, festgebunden, und mir geradeheraus und deutlich gesagt, dass er mich ficken würde. War ich je zuvor einem Mann begegnet, der so direkt und herrisch war? Und warum mochte mein Körper das so verdammt gerne? Ich wollte Tark. Nur Tark. Ich wollte sonst niemanden auf dieser verrückten Welt. Seine Berührung, seine Aufmerksamkeit, machte mich so scharf, dass ich kaum denken konnte. Er hatte gute Arbeit damit geleistet, mich zu erregen, mich zum Kommen zu bringen, und mich danach so angetörnt zu lassen, dass mein Gehirn zu Brei geworden war, ansonsten hätte ich mich gewehrt und danach geschrien, freigelassen zu werden. Stattdessen freute ich mich auf das Gefühl, von seinem Schwanz gefüllt zu werden.

Es waren nur ein paar Monate bis zur Gerichtsverhandlung. Dann würde ich wieder zu Hause sein, mein altes Leben wiederhaben. Mein langweiliges, einsames, normales Leben. Zurück zu Männern, von denen ich wusste, dass sie nicht auf mich abgestimmt waren, dass keiner von ihnen so perfekt zu meinem psychologischen Profil passte. In diesem Augenblick hatte ich einen scharfen, feurigen Mann, der bereit war, mich zu nehmen, mir etwas zu geben, von dem ich nie geahnt hätte, dass ich es will.

Ich lag da, den Hintern in die Luft gestreckt, brennend und gierig nach mehr, und ich musste mir die eine unleugbare Tatsache eingestehen—das Abfertigungszentrum auf der Erde hatte mich diesem Mann zugewiesen, und alle Argumente der Welt würden mich nicht davon überzeugen können, mir diese Lust zu verwehren. Es gab nur noch eines zu sagen. „Ja."

„Für das offizielle Protokoll, Evelyn Day, bist du derzeit, oder warst du jemals mit einem anderen Mann verheiratet, ihm zugewiesen oder mit ihm verpartnert?"

„Nein." Seine Frage ließ meine Gedanken ruhiger werden.

„Hast du jeglichen biologischen Nachwuchs?"

„Wie bitte? Das fragten sie mich schon auf..."

Ein weiterer heftiger Klaps traf mich, und mein Hintern brannte. „Du wirst die Frage beantworten."

„Ta... ich meine, Meister!" Ich schrie auf und versuchte, die Hüften zu bewegen. „Nein. Ich habe keine Kinder."

„Gut. Unabhängig von deiner Zuweisung werde ich keine Frau in Besitz nehmen, die jemand anderem gehört, noch werde ich sie von ihren Kindern wegnehmen." Tarks heiße Hand rieb über meinen Hintern, wo meine weiche Haut von seiner festen Hand wohl grellrosa leuchten musste. „Goran, bist du bereit, die Besitznahme zu bezeugen?"

„Ja. Die offizielle Aufzeichnung ist aktiviert."

Ich erstarrte unter Tarks warmer Handfläche. Aufzeichnung? Und warum war Goran noch hier? Stand sonst noch jemand hinter mir, den ich nicht sehen konnte? Der Gedanke versetzte mich in Panik. Sie konnten alles von mir sehen, und ich konnte nichts dagegen tun. Sie konnten sehen, dass mein Hintern zuvor bereits versohlt worden war. Es war nicht Tark, vor dem ich Angst hatte, aber ich wollte nicht geteilt werden, keine Gefangene sein, die nicht nur meinem Partner diente, sondern auch anderen.

„Tark, ich will nicht, dass hier sonst noch jemand ist."

Er schlug noch einmal zu, und meine Schenkel spannten sich an. „Nenn mich Meister."

„Meister, bitte", flüsterte ich. „Bestrafe mich, wenn du willst, aber ich... ich will keine Hure sein. Lieber gehe ich auf der Erde ins Gefängnis."

Von meiner Position aus konnte ich die Beine der Männer sehen, aber sonst nichts. Tark trat an meine Seite, kniete nieder und wischte mir das lange Haar aus dem Gesicht. „Ich kenne das Wort Hure nicht, aber ich verstehe die Bedeutung. Nein, *Gara*, du gehörst mir. Mir allein. Niemand, und ich meine absolut *niemand*, wird außer mir wird dich ficken, nicht einmal anfassen."

Seine Berührung war bemerkenswert zärtlich auf meiner Haut. „Aber Goran—"

„Er muss uns für die Systemüberwachung des Bräute-Programms bezeugen und aufzeichnen. Das ist alles. Sie verwenden die aufgezeichneten neurologischen Reaktionen dafür, andere Partner und Bräute für ihre Platzierungen zu bewerten. Es gehört zur Standardprozedur."

Ich verzog das Gesicht, aber er sagte nichts weiter und erhob sich.

Während mein Verstand sich bemühte, diese neuen Information zu verarbeiten, trat Tark hinter mich und blieb dort stehen, wo ich die Beine beider Männer sehen konnte. Ich hörte den Klang eines Gürtels, von Hosen, die geöffnet wurden, bevor seine Finger wieder dazu übergingen, mein Innerstes zu erkunden. Der Anblick von Gorans Stiefeln kaum zwei Schritt hinter ihm machte mich wütend. Dies wäre mir auf der Erde niemals passiert. Niemals.

„Standardprozedur, bezeugt zu werden? Vornübergebeugt und so gefickt zu werden!", schrie ich. Ich wehrte mich gegen meine Fesseln, aber sie gaben nicht nach. Ich würde für diesen Ausbruch wieder gezüchtigt werden, denn dies war eindeutig eine Unverschämtheit, aber es war mir egal. „Ist es Standard, meine Nippel ohne meine Einwilligung zu durchstechen? Und was, wenn ich die Kette nicht mag? Was, wenn ich nicht geschmückt werden will?"

Wie ich gedacht hatte, schlug er wieder zu. Das heiße Stechen—diesmal hielt er sich überhaupt nicht zurück—entriss mir einen Aufschrei.

Seine Stimme und meine Position regten eine Erinnerung in meinem Kopf, am Rande der Wahrnehmung. Aber als ein Vibrieren auf dem Tisch direkt unter meinem Kitzler begann, fiel es mir ein. Ich hatte davon geträumt, so genommen zu werden. Warum? Wie konnte ich dies sehen, während ich auf der Erde war? Was hatte das Abfertigungszentrum mit mir angestellt? In meinem Traum hatte es mir gefallen, dass zwei Männer über mich sprachen, mich berührten, mich fickten. Aber das war ein Traum gewesen.

Oder kein Traum. Die *aufgezeichnete Erfahrung einer anderen Frau.*

Also war dieser Traum im

Abfertigungszentrum überhaupt kein Traum gewesen? Ich hatte die Stimulierung und körperlichen Reaktionen einer anonymen Erdenfrau durchlebt, während sie von ihrem Partner in Besitz genommen worden war?

Würde irgendein anderer Krieger dies durch Tarks Augen durchleben und beschließen, dass er unbedingt eine Erdenfrau wollte?

Ach Du Scheiße.

Egal, das Abfertigungszentrum war eine Sache. Jetzt war ich wach, und das hier war *überhaupt nicht* dasselbe.

Ich vergaß alles, als ich seine Finger in meiner Pussy ein und aus gleiten spürte.

„Hier bitte, Gara, dieser Stimulator an deinem Kitzler sollte deine Gedanken beruhigen. Vergiss nicht, ich gebe dir genau das, was du brauchst."

„Und was genau brauche ich in diesem Moment, außer von diesem dämlichen Tisch runterzukommen?"

Er lachte, aber hörte nicht auf, mich zu streicheln. „Du brauchst einen Orgasmus. Du bist tropfnass."

Ich schüttelte den Kopf. „Ich will das nicht, während Goran zusieht. Ihr Leute hier seid pervers", schimpfte ich und biss meine Zähne unter der zärtlichen und doch sehr zielstrebigen Berührung zusammen.

Tark lachte. „Da wir aufeinander abgestimmt wurden, Evelyn Day, musst du wohl auch pervers sein."

Ich? So sein? Das hier wollen? Er irrte sich. „Arschloch", murmelte ich.

„Du wirst sie weiter in diesem Ton mit dir sprechen lassen?", fragte Goran mit überaus überraschter Stimme. Warum widersprach ihm niemand?

„Du kannst an der Farbe ihres hübschen Hinterteils erkennen, dass sie für ihre Unverschämtheit mit Bron verprügelt wurde. Sie ist noch nicht einmal zwanzig Minuten lang wach und auf Trion. Ich genieße ihr Feuer und ich genieße es auch, meine Handabdrücke auf ihrem Hintern zu sehen. Sie reagiert aus Angst vor dem Unbekannten. Selbst wenn sie erregt ist, wehrt sich ihr Verstand gegen das hier. Sie ist eine Frau von Ehre, die nicht einfach jeden Mann fickt, um ihre Bedürfnisse zu stillen. Dafür, und dafür alleine, werde ich es gestatten. Außerdem werde ich das Gefühl ihrer üppigen Hüften, die Weichheit ihrer Haut, ausgiebig genießen." Er streichelte mit einer Hand meinen Körper entlang, strich seitlich über meine Brust, bevor er mich an der Taille packte. „Mein Schwanz ist steif nach ihr, und ich werde es immens genießen, meine Partnerin zu ficken. Evelin Day, *Gara*, es *wird* dir gefallen. Ficken ist niemals eine Strafe, immer eine Belohnung. Es ist nun meine Aufgabe, mich um deine Bedürfnisse zu kümmern. Du gehörst mir."

Er streichelte mit den Fingern über meine Schamlippen, dann umkreiste er meinen Kitzler. Er belohnte mich?

Ich sog scharf die Luft ein bei der heißen Lust, die seine Berührung hervorrief. „Aber...warum musst du mich dann festbinden? Wenn du so von deinen Künsten überzeugt bist, dann lass mich frei."

Seine Hand fuhr wieder auf meinen Hintern hinunter, dann noch einmal.

„Vielleicht bist du so unverschämt, weil es dir *gefällt*, Hiebe zu bekommen. Hmm, deine Erregung fließt aus deiner Pussy, wenn ich es tue. Denk drüber nach."

„Wie bitte?", schrie ich, wurde jedoch ruhiger. Er dachte, ich *mochte* es, bestraft zu werden? Dass ich ihm widersprach, weil ich wollte, dass er so weitermachte?

„Ich bin dir ein Fremder, aber ich bin dein Partner. Es ist schwierig. Ich verstehe das." Er strich mit der Hand über die von seinem Schlag heiße Haut. Es war eigenartig, der Kontrast zwischen seinen strengen Hieben, gefolgt von einer zärtlichen Berührung. Er war kein grausamer Mann. Das wusste ich ja bereits. „Die Fesseln, deine Position, sie sind symbolisch für unsere Lebensart, für das Geschenk, das du mir machst. Diese erste Besitznahme ist ein Ritual, das hier bereits seit hunderten Jahren besteht. Dies ist die Art, auf die ich dich nehmen muss, und dich als mein Eigentum mit meinem Samen kennzeichnen. Es stellt auch sicher, dass wir kompatibel sind; auch wenn ich dich nicht erst ficken muss, um zu wissen, dass du für mich geschaffen bist. Deine Pussy ist hungrig, und auch ich brauche dich so sehr, dass es beinahe schmerzt."

Er beugte sich als Nächstes über mich, und sein hartes Glied kam auf äußerst intime Weise mit mir in Berührung. Seine harte Brust bedeckte meinen Rücken und ich spürte, wie mein Körper sich seiner Kraft fügte, seiner Dominanz, als er mir ins Ohr flüsterte. „Du bist gefesselt, damit dein Körper weiß, dass ich es bin, der die Kontrolle hat. Du kannst deine Ängste loslassen, Evelyn Day. Du bist machtlos, was immer ich dir auch befehle."

Er spreizte meine Furchen und kreiste um meinen intimen Eingang, während er sprach. Ich schrie auf. Ich konnte es nicht zurückhalten. Da war etwas in seiner Berührung, als wäre sie elektrisch geladen, egal, wie sehr ich mich dagegen wehren wollte. Es brachte meine Pussy zum Kribbeln, machte meine Haut heiß, mein Blut dickflüssiger. Ein Finger glitt hinein. Ich konnte mir nur vorstellen, wie es sich anfühlen würde, wenn sein riesiger Schwanz mich dehnen würde. Ich wollte sehen, wie seine Fingerspitzen vor erregter Nässe glänzten, wo sie sich in meine Hüften bohrten, den Anblick, den wir boten, wie er mich so mit seinem großen Körper bedeckte, seine Hüften in Stellung für einen äußerst gründlichen Akt. Und Goran würde allem zusehen, würde sehen, wie Tarks Schwanz in mir versank. Der Blick beider Männer auf mir. *Da.*

„Du kannst versuchen, zu widerstehen, wenn du willst. Aber ich *werde* dich zum Kommen bringen." Tark richtete sich auf, und ich biss mir auf die Lippen, um den enttäuschten Seufzer zurückzuhalten, der beim Verlust des Kontaktes in meiner Kehle aufstieg.

Ich wollte mich weiter wehren, wollte, dass mir nicht gefiel, was er tat, denn ich musste doch irgendeine Art Schlampe sein, wenn ein Fremder mich so unerhört erregte. Oder beobachtet zu werden. Vornübergebeugt und gefesselt. Das Sehnen in meiner Pussy war unmöglich zu rationalisieren. Das sanfte Surren des Vibrators an meinem Kitzler bewies, dass er mir Lust bereiten wollte. Entweder war Tark unglaublich geschickt, oder entgegen seiner Beteuerungen hatten sie mir irgendeine Art Erregungsmittel verabreicht, damit ich für seine Annäherungen offener war.

Als er einen zweiten Finger in mich gleiten ließ, war mir das egal. Es fiel nicht leicht, ruhig zu stehen. Ich wollte meine Hüften bewegen, seiner Berührung entgegenkommen, seine Finger noch tiefer aufnehmen. Ich konnte mich aber nicht bewegen, nichts tun außer zu nehmen, was immer er mir gab.

Ich kannte diesen Mann nicht, war erst eine kurze Weile lang wach, aber ich *wollte* einen weiteren Orgasmus. Diesmal von Tark selbst, nicht von irgendeiner seltsamen Alien-Körpersonde.

„Bist du schon einmal gefickt worden?"

Als sein Finger über einen Punkt in meinem Inneren rieb, konnte ich nicht denken, nicht antworten. Ich konnte nur aufschreien. Als er seine Finger aus mir zog und mich leer und unerfüllt zurückließ, stöhnte ich auf. "*Hör nicht auf.*"

„Dann antworte mir."

Ich rutschte auf den Zehen herum.

„Was... was war die Frage?"

„Bist du schon einmal gefickt worden?", wiederholte er. Seine Stimme war düster und roh.

„Ja."

Seine Finger glitten wieder in mich. Ich stöhnte auf.

Ich hörte Stoff rascheln, sah ihn einen Schritt näher auf mich zutreten, bevor er seine Finger herauszog und ich das Stupsen seines Schwanzes an meinem intimen Eingang spürte. „Ich bin vielleicht nicht dein Erster, Evelyn Day, aber ich bin dein Letzter."

Sein Schwanz war groß, und während er vorwärts presste, fühlte ich, wie ich weiter wurde und mich um ihn dehnte. Er ließ nicht nach, gab mir keine Zeit, mich anzupassen, sondern füllte mich komplett aus.

Ich stöhnte bei dieser Invasion meines Körpers. Ich fühlte mich in Besitz genommen. Eine Hand packte meine Hüfte, die andere meine Schulter, als er seinen Rhythmus begann. Ein. Aus. Hart. Schnell. Er stieß zu, und ich biss meine Lippe und nahm hin, was er mir gab.

„Du wirst kommen, *Gara.*"

Ich schüttelte den Kopf, und mein Haar fiel mir übers Gesicht. Mit jedem weiteren kräftigen Stoß stellte ich mir meine Mutter vor, mit verschränkten Armen und missbilligendem Gesicht. Das hier war *so falsch.* „Ich kann... ich kann es nicht."

Er lehnte sich über mich, drückte sich in meinen Rücken und füllte mich mit einem harten, raschen Stoß. Der Druck seines Körpers auf meinem wunden Po verstärkte nur die Empfindungen, die durch meinen Körper rasten. „Ich befehle es dir."

Ich war noch nie zuvor so genommen worden. Mein letzter Partner war aufmerksam gewesen, aber nicht sonderlich bei der Sache. Mit ihm war ich generell unerfüllt und nicht besonders an Sex interessiert gewesen. Aber Tark? Ich hatte keine Ahnung, wie er es anstellte, seinen Schwanz so einzusetzen, dass er Stellen in meinem Inneren rieb, von deren Existenz ich nicht einmal wusste. Meine Finger waren glitschig auf den Griffen. Ich biss die Zähne zusammen, während die Kette zwischen meinen Brüsten bei jedem Stoß schwang.

Ich schüttelte frustriert den Kopf. Meine Augen füllten sich mit Tränen. Ich war so gierig danach, so verzweifelt geradezu, zu kommen. Tark war *so* gut. So hart. So groß. „Ich... ich kann nicht. Ich komme nie während... ich weiß nicht wie", wimmerte ich.

Tränen liefen über meine Schläfen in mein Haar.

Er stoppte die Bewegung in mir und legte den Kopf schief, sodass er mir direkt ins Ohr raunte. „Du bist noch nie mit dem Schwanz eines Mannes in dir gekommen?" Sein warmer Atem hauchte über meinen Nacken.

Ich schüttelte den Kopf. „Ich kann nicht... schon gar nicht, wenn jemand zusieht."

Ich spürte sein Grollen, bevor ich es hörte, da es von tief in seiner Brust entstammte. „Es ist meine Aufgabe, *Gara*, dir Lust zu bereiten. Du kannst offenbar sehr wohl Erfüllung finden, da du mit der medizinischen Sonde wunderbar gekommen bist."

„Ja, ich kann mit meinem Vibrator kommen, nur nicht mit einem Mann", gab ich zu.

Tark hielt weiter in mir still. „Ich glaube, ich weiß, was ein Vibrator ist. Wie die medizinische Sonde mit den Scans, richtig? Wie der Stimulator, an den dein Kitzer gedrückt ist?"

Ich nickte, wodurch mein Haar hin und her schwang.

„Dann werde ich einfach entdecken müssen, was für dich das Richtige ist. Was Goran angeht, ignorier ihn. Es gibt nur uns beide. Schh", raunte er. „In Ordnung, *Gara*, es ist Zeit, zu erkunden, was dir Lust bereitet."

Mit diesen Worten spürte ich, wie die Vibrationen an meinem Kitzler intensiver wurden. Der Teil des Tisches direkt unter meinem Kitzler begann, mich so richtig zu stimulieren. Auch an dies erinnerte ich mich von meinem Traum. Die intensive Lust, die diese zusätzliche Stimulation mir brachte, ließ mich aufkeuchen. Bei dieser Vereinigung ging es nicht nur um Tarks Befriedigung, sondern auch um meine.

„Diese Vibrationsgeschwindigkeit

scheint Dir besser zu gefallen. Du krampfst dich mit deiner Pussy um meinen Schwanz ", knurrte er. „Das ist ein gutes Zeichen, ja?"

„Ja!", stöhnte ich.

Ein stumpfer Finger kreiste um die Stelle, an der wir vereint waren, als Tark sich wieder zu bewegen begann. Die Kombination von seinem Schwanz, der in mir hin und her glitt, und den Vibrationen an meinem Kitzler ließ mich zappeln. Ich wollte genau da bleiben, wo ich war. Aufgespießt auf dem mächtigen Schwanz meines neuen Partners.

„Und was ist damit?" Tark drückte mit einem Finger gegen meinen Anus, und ich wurde starr, zog mich eng zusammen in der Hoffnung, seinen Finger abzuhalten. Zugleich zuckten kleine Stöße intensiver Hitze und Lust bei seiner verbotenen Berührung durch meinen Körper.

„Entspann dich, *Gara*. Lass mich ein.

Es wird dich zum Kommen bringen. Versprochen." Ich holte tief Atem, stieß ihn aus und entspannte meinen Körper. Ich schloss die Augen, während er meine jungfräuliche Öffnung mit seinem Finger umkreiste und langsam nach innen drückte, ohne damit aufzuhören, seine Hüften zu bewegen und mich zu ficken. Die Vibrationen wurden schneller und verstärkten die Stimulation an meinem Kitzler. Ich stieß einen leisen Schrei aus, als Tarks Finger hinten in mich eindrang. Ich schrie, als mein gesamter Körper sich versteifte, jeder Nerv hellwach und vor Lust pulsierend. Irgendwie schaffte es die erotische Kombination von Tarks Schwanz, der Kitzler-Stimulation und Tareks Fingerspitze, die langsam in meinem Anus kreiste, mich zum Explodieren zu bringen. Ich fühlte mich wie verloren in den Wellen des Ozeans, hin- und hergeworfen und völlig außer Kontrolle. Die Kraft dieser Lustwelle war so viel stärker als alles, was ich je zuvor empfunden hatte. Dass ich bis zum Anschlag von einem Schwanz ausgefüllt war, verstärkte die orgasmische Glückseligkeit nur noch mehr, die durch meine Adern fuhr. Ich zog und krampfte mich um ihn zusammen—um seinen Schwanz, seinen Finger in meinem Hintern—als wollte ich sie noch weiter in mich hinein ziehen.

Ich spürte Tarks Hand meine Hüfte packen, als sein Rhythmus schneller wurde, bis er ein letztes Mal kräftig zustieß und sich dann tief in mir hielt. Sein Schwanz wurde dicker, dehnte mich noch weiter aus, bevor er aufstöhnte und mich pulsierend mit seinem Samen füllte.

Der Raum wurde von unseren Atemstößen erfüllt, und er blieb weiter in mir, während ich mich erholte. Obwohl dies anfangs dem Traum im

Abfertigungszentrum ähnlich war, hatte es nicht auf die gleiche Art geendet. Weil es nicht das Gleiche *war*. Ich hatte mein altes Leben hinter mir gelassen und bahnte mir nun meinen eigenen Weg, auf meinem neuen Planeten und mit meinem Partner.

„Wir sind kompatibel", sagte Tark, als er sich langsam aus mir herauszog, und ich hörte, wie er seine Hosen wieder zuknöpfte.

Als er das tat, stieß ich zischend die Luft aus und konnte seinen heißen Samen aus mir tropfen spüren. Er kam um mich herum, und nachdem er mir die Fesseln abgenommen hatte, nahm er mich an der Hand und half mir auf. Ich lehnte mich gegen den Tisch, während ich mein Gleichgewicht wiederfand. Meine Haut war gerötet, und mein Herz raste immer noch. Ich fühlte mich zu erschöpft von nicht nur einem, sondern zwei Orgasmen in meiner kurzen Zeit auf Trion, um mich jetzt zu bedecken.

Ich blickte zu Tark hoch. Auch seine Haut war leicht gerötet, und sein Blick war sanfter, weniger intensiv. Er blickte über meinen nackten Körper, und seine Augen wurden enger und sein Kiefer spannte sich an, als er zusah, wie sein Samen an meinen Schenkeln herab tropfte.

„Überbringe dem Rat die gute Nachricht", bemerkte Tark über seine Schulter hinweg zu Goran.

Er streckte die Hand nach der Kette aus, die zwischen meinen Brüsten baumelte, und zog mit einem ganz sanften Ruck daran. Es reichte aus, damit ich näher an ihn heran trat und Wärme zwischen meinen Schenkeln verspürte.

Sein Blick ruhte auf meinen gestreckten Nippeln, während er zu Goran sprach. „Aber zuerst wirf ihr etwas über und bring sie in den Harem."

„Wie bitte?", schrie ich. „Du lässt mich nackt alleine... mit *ihm*?" Ich blickte Goran beängstigt an.

„Er wird für deine Sicherheit sorgen", entgegnete Tark. „Ich muss mich der Ratssitzung anschließen, und du wirst in den Harem gehen."

Meine Augen wurden groß bei seiner Gefühllosigkeit, dann verengten sie sich. Ein Harem? Wie viele Partner hatte dieser Bastard denn bereits? Welche Nummer war ich? Zwei? Vier? Zwanzig? „Du hast mich gefickt und bist nun mit mir fertig. Ich bin keine Braut, ich bin nur ein Fickspielzeug für dich." Ich warf meinen Blick auf den anderen Mann. „Es überrascht mich nur, dass du Goran doch nicht an mich ran gelassen hast."

Er hielt immer noch die Kette fest, die an meinen Nippeln befestigt war. Er wickelte sie um seinen Finger und zwang mich, ihm noch näher zu kommen, wenn ich meine Nippel nicht zu stark gezerrt haben wollte. Ich legte meinen Kopf noch weiter in den Nacken, um seinem Blick zu begegnen. Ich war mit meinen Bemerkungen zu weit gegangen, aber ich hatte Angst. Wenn er mein Partner war, sollte er dann nicht auf mich aufpassen und für meine Sicherheit sorgen? Wie wollte er das tun, wenn ich eine von zehn Frauen in seinem Leben war?

Ich war noch nicht einmal eine Stunde auf diesem Planeten, und schon hatte er mich beiseite geschoben. Ich wünschte, ich könnte das Bräute-Programm sofort kontaktieren und ihn ablehnen, aber ich musste den Dreißig-Tage-Zyklus abwarten oder auf meinen Rückruf zur Zeugenaussage warten. Und was dann? Ich würde dafür sorgen, dass sie wussten, dass ich mit einem Harem nicht einverstanden war.

Er verzog das Gesicht. „Ich kenne den Ausdruck *Fickspielzeug* nicht, aber ich glaube nicht, dass er mir gefällt. Noch weniger gefällt mir, dass du meine Ehre anzweifelst."

Ich schluckte, da seine Stimme tief war, und ich einen Hauch von Ärger darin hörte. Ich wollte stattdessen wieder den zufriedenen Ausdruck auf seinem Gesicht sehen. Ich wollte zurück zu dem Augenblick, als ich völlig befriedigt war und eine Zukunft als einzige geliebte und wohlgefickte Partnerin von Tark vor Augen hatte.

„Ich lüge nicht. Ich sagte bereits, dass ich meine Partnerin nicht teile. Mein Samen tropft deine Schenkel hinunter. Meine Kette ist deutlich ersichtlich."

Seine Kette? War diese Kette die örtliche Version eines Eherings an meinem Finger? Verkündete diese Kette tatsächlich der ganzen Welt, dass ich in Besitz genommen worden war? War sie ein Abzeichen für seinen Schutz? Was sollte ich tun? Oben ohne rumlaufen?

„Lustkugeln, Goran." Er streckte die Hand aus, und Goran ging davon.

Er deutete auf meinen Körper. „Mein Samen und meine Kette werden sicherstellen, dass jeder weiß, dass du mir gehörst, egal wo du dich in dieser Zeltstadt aufhältst. Dein Hintern, da bin ich mir sicher, tut noch weh von meinem Finger, der dich dort erstmals durchdrungen hat. Dein Kitzler"—er fasste nach unten und fuhr mit einem Finger zwischen meinen Beinen entlang—„ist steif und gierig nach einem weiteren Höhepunkt. Ein Höhepunkt, den nur ich dir geben kann, denn es wird keine medizinischen Sonden mehr geben, oder Vibratoren, wie du sie nennst. Dein Hintern ist hellrot von meiner Bestrafung. Es scheint, dass all dies dir nicht zur Erinnerung daran reicht, dass du mir gehörst."

Ich wollte vor seiner überraschenden Berührung zurückweichen, aber ich konnte es nicht, ohne meine Nippel ernsthaft zu verletzen.

Tark wickelte die goldene Kette an meinen Brüsten noch weiter um seinen Finger. Er hob die andere Hand von meiner Mitte hoch, um Goran etwas aus der ausgestreckten Hand zu nehmen. „Lass uns einen Moment alleine."

Sein Befehl an Goran ließ mir den Atem stocken. Was würde er mit mir anstellen?

Tark hielt goldene Kugeln hoch, zwei perfekt geformte Globen, die durch ein kurzes Kettchen miteinander verbunden waren und am anderen Ende eine weitere, viel längere Kette mit einer markierten goldenen Scheibe am Ende hatten.

„Sichtlich waren die Hiebe nicht genug, um dir beizubringen, deine Respektlosigkeit und deine scharfe Zunge im Zaum zu halten. Du wirst diese Lustkugeln tragen, bis ich dich zurückhole. Die Kette muss jederzeit deutlich sichtbar sein, *Gara*, damit jedermann sehen kann, dass ich unzufrieden bin."

Mein Herz schlug schneller als Kolibriflügel, und ich konnte nichts tun, als zu starren. Ein paar goldene Kugeln herumtragen? *Das* galt als Bestrafung?

Während sein Blick ohne Unterbrechung mit meinem verbunden blieb und sein Halt an der gewundenen Kette mich an Ort und Stelle hielt, senkte er die Hand an meine nasse Pussy und führte erst eine, dann die andere der goldenen Kugeln tief in mich ein. Als er die Hand wieder sinken ließ, rutschten die Kugeln an meinen inneren Muskeln vorbei wieder auf seine Handfläche. Er hielt seine Hand dort still und starrte in mein fassungsloses Gesicht. „Du wirst sie in deiner Pussy festhalten, *Gara*, bis ich dich zurückhole. Oder du bekommst wieder Hiebe. Diesmal werde ich mich nicht zurückhalten, und du wirst eine Woche lang nicht sitzen können."

Ach Du Scheiße, er meinte es ernst. Und die ganze Situation ließ meine Pussy zusammenzucken. Sein Samen floss aus mir heraus, aber nicht die Kugeln. Und so bald schon begehrte ich ihn schon wieder.

Tark lächelte über meine Nässe und seinen Samen, die seine Handfläche überzogen, senkte den Kopf, um meinen Hals zu küssen, und schob die Kugeln wieder in meine Pussy hinein, während seine Zunge heiße Spuren über mein Schlüsselbein zog. Er hob den Kopf und nahm beide Hände zugleich von meinem Körper.

Als er losließ, schwang die längere Kette zwischen meinen Schenkeln. Das Gewicht machte die Kette schwerer, aber mit jedem Schwung fuhr ein elektrischer Puls in meinen Kitzler.

Ich stöhnte auf und zog die Muskeln

um die schweren Metallkugeln zusammen.

„Die Kugeln werden dich erregt halten, *Gara*, aber die Neuroprogrammierung wird es dir nicht ermöglichen, zu kommen. Dich zum Kommen zu bringen ist meine Aufgabe, meine allein." Er fuhr die Kurve meiner Wange mit seinen sanften Fingern nach und schaute mir in die Augen. „Wenn du sie entfernst, werde ich davon erfahren. Die Lustkugeln sind an mein Monitorsystem angeschlossen." Er deutete auf ein Gerät, das an seinen Unterarm geschnallt war.

„Sobald Goran die Daten von deiner Besitznahme hochgeladen hat, wird jeder in der interstellaren Koalition wissen, dass du die Besitznahme des Obersten Ratsherren akzeptiert hast, dass du mir gehörst. Und damit", deutete er auf die kreisende goldene Scheibe, die zwischen meinen Schenkeln hing, „wirst vielleicht auch *du* das im Kopf behalten und deine Zunge zügeln."

Er hob mich einen kurzen Augenblick vom Boden hoch, um sich zu vergewissern, dass die Kette schwang. Ich stieß zischend den Atem aus, als ich den stimulierenden Puls in meiner Pussy spüren konnte, und zog die Muskeln kräftig zusammen. Eine Mischung aus Unbehagen und Lust ließ mich mit jedem pendelnden Schwung der goldenen Kette erschaudern, während ich zusah, wie er das Zelt verließ. Ich war gründlich gezüchtigt, nackt, gut durchgefickt, und auf dem schnellsten Weg zur erneuten völligen Erregung.

4

Das Pixelbild, das mit Evelyn Days Profil-Informationen mitgeschickt worden war, war eine ungeeignete Darstellung der atemberaubenden Schönheit, die ich gerade gefickt hatte. Auf dem Bild hatte das grelle Licht ihre Haut in einen lila Farbton getaucht, und ihr Haar—echtes, feuriges Rot—war matt und dunkel erschienen. Die sanften Strähnen waren alles andere als das. Sie waren wild gelockt, weich und glänzend, und von der

Farbe des Blutmondes. Auf dem Bild waren ihre Augen groß vor Angst, wie ich annahm, und ihr Mund war zu einer geraden Linie zusammengekniffen. Die lebhafte und temperamentvolle Frau, die an der Ferntransport-Station angekommen war, glich ihrem offiziellen Profilbild überhaupt nicht, und diese Tatsache erfreute mich überaus.

Als sie aufwachte, traf ihr Blick zuallererst auf meinen. *Mein Eigen.* Bron war ein *Fark* gewesen, gierig darauf, seine Hände unter dem Vorwand der Medizin an sie legen zu können. Er hatte sogar einen Ständer für meine Partnerin. Seine Anstellung bei mir war somit beendet, und er würde Evelyn Day nicht noch einmal nahe kommen. Dieser ehrlose *Fark* würde Glück haben, wenn er eine Stelle als Transfer-Schlepper im tiefsten Weltall finden könnte.

Ich konnte nicht glauben, dass Evelyn

Day aus Billionen von möglichen Partnerinnen dafür ausgewählt worden war, ganz und gar mir zu gehören. Ich hielt es kaum während der Untersuchung aus—*Fark*, dieser Vorgang hatte mein Begehren nur noch verstärkt—bis ich meinen Samen über ihre cremig weißen Schenkel tropfen sehen konnte. Vielleicht passte meine Begierde eher zu einem übermäßig geilen Jugendlichen, aber ich hatte so lange auf sie gewartet.

Doch nun fürchtete ich, dass das lange Warten mich nicht nur gierig, sondern zu gutmütig gemacht hatte. Meine Partnerin war eine Kriminelle, die wegen Mordes verurteilt worden war. Selbst Goran hatte mein Handeln in Frage gestellt, als er Zeuge meines Umgangs mit ihr wurde. Meine Partnerin war ein Killer. Aber wenn ich in ihre Augen blickte, jeden Pulsschlag von ihr beobachtete, jeden Atemzug in meinem Bewusstsein erfasste, und die Reaktionen ihres bezaubernden Körpers auf meine Berührungen schmecken konnte, fiel es mir schwer, mir diese eine simple Tatsache vor Augen zu halten.

Evelyn Day. Achtundzwanzig. Wegen Mordes verurteilt.

Das Interstellare Bräute-Programm hatte ihren Namen geschickt, ihr Alter, diese drei Worte und ein Pixel-Bild. Nichts weiter.

Wen hatte sie ermordet, und warum? Ich war ein Krieger und ich kannte den Preis dafür, ein Leben zu nehmen. Ich hatte es oft getan. Manche Männer verdienten den Tod, aber andere führten einfach nur Befehle aus oder kämpften auf der falschen Seite. Manche kämpften, um ihr Zuhause oder ihre Partner zu verteidigen. Andere genossen den Geschmack von Leben und Tod auf ihrer Zunge.

Evelyn Day hatte nicht die Augen

einer Frau, die das Morden genoss. Sie war weich und warm. Sich mir hinzugeben machte ihre Pussy so heiß, dass mein Schwanz sich beinahe daran verbrühte. Welch süßer Schmerz.

Mörderin oder nicht, es war unmöglich, dass sie mir wehtun würde. Ich lachte bei dem Gedanken beinahe laut auf. Ich war nicht vertraut mit den Erdenmännern, aber sie war zu klein, um eine Gefahr für mich zu sein; ihr Kopf reichte gerade einmal bis an meine Schultern. Sie war aufmüpfig und respektlos gewesen, aber ich konnte ihr ihre Handlungen nicht vorwerfen. Sie war gerade von ihrem Planeten verbannt worden und war nun die Partnerin eines Fremden. Das hieß aber nicht, dass sie mit ihrem Benehmen davonkam. Sie hatte Haue gebraucht, um gleich von Anfang an zu lernen, dass ihr freches Verhalten hier nicht toleriert werden würde. Nachdem ich sie übers Knie gelegt und ihr die

Schläge verpasst hatte, die sie verdiente—wenn auch leichter, als ich es tun würde, wenn sie sich erst einmal eingewöhnt hatte—wusste sie, wer das Sagen hatte und wer sich unterordnen würde.

Zuzusehen, wie die blasse Wölbung ihres Hinterns sich von cremigem Weiß zu feurigem Rot färbte, hatte meinen Schwanz hart werden lassen. Zuzusehen, wie sich das weiche Fleisch mit jedem Schlag bewegte, wie sich mein Handabdruck formte...*Fark*. Ich war nicht der Einzige, der es genoss. Sie würde gewiss widersprechen, aber es hatte sie erregt. Die Tests hatten ihre Unterwürfigkeit auf mein Kontrollbedürfnis abgestimmt. Es war nur eine Frage der Zeit, bis sie dies erkennen und folgen würde.

Bis dahin...es würde Spaß machen, zu sehen, wie sie sich wehrte und am Ende doch mir die Kontrolle übergab. Mit zufriedenem Grinsen blickte ich auf

An einen Partner vergeben

meinen Monitor und stellte die Lustkugeln, die ich in ihrer Pussy hinterlassen hatte, für zwei Stunden auf die niedrigste Stufe. Ich hatte vor, mit meiner Besprechung in der Hälfte dieser Zeit fertig zu sein, und ich wollte, dass ihre Pussy angeschwollen und gierig nach mir war. Ich konnte es nicht erwarten, sie nach Hause zu bringen, in Sicherheit, wo ich sie niederlegen und schmecken konnte. Ich wollte mir Zeit nehmen und jeden Zentimeter ihrer cremigen Haut erforschen. Ich war noch nicht einmal eine Woche auf Außenposten Neun, aber ich war schon bereit, in den Palast zurückzukehren. Jetzt mehr als je zuvor.

Ich hatte Evelyn Day keine Zeit für die Umstellung gelassen, keine Möglichkeit, sich an mich oder Außenposten Neun zu gewöhnen, denn es war keine Zeit dafür. Es war nicht nur mein Schwanz, der meine Handlungen leitete, sondern auch die Bräuche auf Trion. Ich musste sie umgehend ficken. Wenn ich es nicht getan hätte, hätte sie ein anderer in Besitz nehmen können. Ihre Schönheit würde hier nicht unbemerkt bleiben. Frauen waren wertvoll, selten und hoch geschätzt. Viele würden darum kämpfen, sie in Besitz zu nehmen. Es war möglich, dass sie verletzt oder von einem Mann genommen wurde, der ihrer absolut unwürdig war. Wenn es um Evelyn Day ging, war *ich* der einzige würdige Mann im Universum. Ich knurrte bei dem Gedanken vor Habgier.

Sie trug meinen Schmuck, die Kette, die ihren vollen Brüsten noch mehr Schönheit verlieh und sie als mein Eigentum kennzeichnete. Mit meinem Samen, der ihre Pussy und Schenkel markierte, würde es keinen Zweifel geben. Ihre Sicherheit war meine oberste Priorität. Ihre Ankunft war ein Schock gewesen, das Timing ganz ungünstig, aber ich würde mich nicht beschweren. Dass die Zuweisung erfolgt war, während ich mich auf Außenposten Neun zur Sitzung des Hohen Rates aufhielt, und nicht im Palast, war vielleicht für uns beide unangenehm, aber ich würde mich an die Umstände anpassen. Es würde hier etwas schwierig werden, sie zu beschützen, aber es würde gelingen.

Ich konnte nicht anders, als zu bereuen, dass Evelyn Day ihre Erstbesteigung über einem zeremoniellen Hocker in einem temporären Zelt erleben musste, und nicht in einer Kammer in meinem Palast, wo sie mein Bett nicht verlassen hätte müssen. Anstatt alle ihre Köstlichkeiten zu erkunden und damit anzufangen, ihr meine Sitten beizubringen, musste ich sie in den Harem schicken, um ihren Schutz sicherzustellen. Und die Vorsicht war begründet.

Sobald die anderen Männer sie sehen würden, würden sie sie ebenso begehren.

Ihr leuchtend rotes Haar war von äußerst ungewöhnlicher Farbe, die man auf Trion selten sieht. Ihr Körper war atemberaubend und hatte überaus ansprechende Kurven. So viel Leidenschaft in einer so kleinen Person, so weich, so köstlich rund und kurvig. Ich drückte mit mehr Gewalt als notwendig auf den Knopf der Badekapsel beim Gedanken an ihre vollen Brüste, die mit jeder Bewegung ihres Körpers wippten.

Die Tür der Kapsel ging auf, und ich trat hinein. Das Wasser spritzte und sprühte um mich herum. Mit geschlossenen Augen dachte ich an die Wölbung ihres Bauches, den weichen, runden Körper, in dem schon bald mein Kind wachsen würde. Hüften, die schön breit und üppig waren und guten Halt boten, wenn ich sie fickte.

Das Wasser stellte sich ab, und der Trockenvorgang begann.

Ich fand es gut, dass sie bereits

durchstoßen worden war, somit musste ich mir keine Sorgen darüber machen, ihr Schmerz zuzufügen. Aber ich war höchst erfreut—und überrascht—darüber, dass die Wände ihrer Pussy noch nie um den dicken Schwanz eines anderen Mannes herum gezuckt hatten, dass niemand zuvor ihr diese Lust bereiten konnte. Diejenigen, mit denen sie auf der Erde zusammen gewesen war, waren keine echten Männer, wenn es ihnen nicht gelang, dass eine Frau von der Schönheit einer Evelyn Day nicht auf ihrem Schwanz kam. Es würde mein höchstes Ziel im Leben sein, sie so häufig wie möglich an den Gipfel der Lust zu bringen.

 Ich wusste nicht, ob ich mich bei Gott oder der Wissenschaft für die perfekte Übereinstimmung bedanken sollte. Egal wie, ich hatte jedenfalls keinen Zweifel, dass Evelyn Day für mich geschaffen war. Sie allerdings hatte Zeit, sich zu entscheiden. Daher musste ich einen feinen Balanceakt meistern, sie einerseits so sehr zu befriedigen, dass sie bleiben würde, und andererseits ihr ungezügeltes und möglicherweise gefährliches Verhalten zu zähmen. Beim Gedanken daran, dass sie einen Anderen wählen könnte, sich von einem anderen Mann anfassen, ficken, beschützen und anbeten lassen würde, zog sich mir der Magen zusammen.

Ich zog mich rasch an und ging zum Zelt für die Ratsversammlung. Ich schob meinen Ärger und Frust über all die möglichen politischen Implikationen meiner neuen Partnerin beiseite und genoss das nachhallende Gefühl der Befriedigung, die ich in ihrem Körper gefunden hatte. Viele der Ratsmitglieder machten kein Geheimnis daraus, dass sie meine Position einnehmen und den Mantel der Macht von meinen Schultern entfernen wollten. Beim Gedanken daran, dass einer von ihnen versuchen könnte, Evelyn Day als Schachfigur in einem Coup zu benutzen, ballten sich meine Hände zu festen Fäusten.

Vielleicht war meine Stimmung—zornig und mürrisch—besser geeignet als die eines zufriedenen Liebhabers für diese Sitzung des Generalrates. Für den Augenblick wusste ich, dass meine Partnerin im Harem war, dass sie gemeinsam mit den anderen Frauen in Sicherheit war. Erst, wenn wir in den Palast zurückgekehrt sein würden und sie geschützt war, nicht nur durch dicke Wände sondern durch das gesamte Aufgebot meiner loyalen Wache, würde ich frei atmen können. Ich konnte nicht einmal zulassen, dass sie, wie ich es wünschte, die Nacht bei mir verbrachte, aus Angst, während der Nacht durch jene angegriffen zu werden, die mich stürzen wollten.

„Sie ist in Sicherheit", sagte Goran, als

er näherkam, seine Schritte vom Sand gedämpft. Ich wandte mich meinem zweiten Befehlshaber zu und nickte. Mit dem Wissen, dass Evelyn Day in der Obhut gut ausgebildeter Wachen war, konnte ich mich auf die Angelegenheit vor mir konzentrieren. Ich öffnete die Zeltklappe und duckte mich hindurch. Der Generalrat erhob sich aus Respekt vor meinem Rang als Oberster Ratsherr unter ihnen.

„Nehmt Platz", sagte ich, ging zu dem erhöhten Podium und ließ mich auf einem Kissen nieder, wie die anderen vor mir.

„Wir haben gehört, dass Ihre Partnerin angekommen ist." Ratsherr Roark grinste mir zu, und ich nickte. Er war jung und noch nicht verpartnert. Als Ratsherr des Südkontinents war er mein engster Verbündeter in dieser Gruppe, aber auch der feurigste unter den

Männern. Evelyn Day würde eine große Versuchung für ihn sein.

„Ja, und sie ist in Besitz genommen worden." Ich deutete Goran zu, der von seinem Platz vortrat und sich an den Rand des Sitzungskreises stellte.

„Die Partnerin des Obersten Ratsherren Tark ist angekommen. Sie hat ihre medizinischen Untersuchungen bestanden und ist unseren Protokollen nach in Besitz genommen worden. Sämtliche Daten sind bereits zur Weiterverarbeitung an das Interstellare Bräute-Programm gesendet worden." Er nannte diese Tatsachen in einem Ton, der weder Widerspruch noch Diskussion erlaubte, und ich war dankbar. Goran war loyal. Ein guter Mann und einer, der selbst auf die Ankunft einer Partnerin wartete. Er würde an meiner Seite kämpfen, sogar mit mir sterben, um Evelyn Day zu beschützen.

„In Ordnung. Vielen Dank, General

Goran." Ratsherr Roark nickte ernsthaft. Ich erkannte, dass er in meinem Interesse gehandelt hatte, indem er sicherstellte, dass alle Anwesenden über den Status meiner Partnerin klar informiert waren. Ich nickte ihm anerkennend und dankend zu.

„Eine Kriminelle. Eine Mörderin? Und das ist die Art von Frau, der wir in Ihren Augen gehorchen sollen? Die wir vor allen anderen respektieren sollen?" Ratsherr Bertok war ein bitterer alter Mann, der bereits zwei Partnerinnen verloren hatte. Er war bestimmt neunzig Jahre alt, und seine blassblauen Augen sahen nie anders aus als kalt und gefühllos. „Wir könnten im Schlaf ermordet werden. Eine grobschlächtige Frau aus den Wildlanden wäre eine bessere Partnerin als eine Verbrecherin von einem anderen Planeten."

„Ich habe meine Partnerin angenommen, sie in Besitz genommen. Es wird keine weitere Diskussion dazu geben." Ich wollte den alten Mann mit bloßen Fäusten zu Brei verarbeiten, wollte sein heißes Blut auf meine Haut spritzen spüren. „Niemand bedroht meine Partnerin und kommt lebend davon." Ich blickte jeden Mann im Kreis eindringlich an, um sicherzugehen, dass die Ernsthaftigkeit meiner Worte von allen verstanden wurde.

„Dies ist verständlich, Oberster Ratsherr. Vielleicht öffentliche Hiebe. Sie müssen Ihre Stärke demonstrieren und Ihrer Partnerin zeigen, wer die Kontrolle hat." Ich ignorierte den Ratsherren zu meiner Linken und seinen übereifrigen Vorschlag. Niemand außer mir würde Zeuge von Evelyns Schmerz werden, und selbst dann würde er mit ihrer Lust verbunden sein.

Ich beäugte den Mann vorsichtig. Er hatte nicht die Absicht, respektlos zu sein, und hatte Evelyn Day nicht direkt bedroht; in manchen Teilen des Planeten waren öffentliche Hiebe eine Art, wie ein Mann seine Dominanz über seine Frau zeigen konnte. Der Gedanke dahinter war barbarisch und etwas, das ich versuchte, gesetzeswidrig zu machen.

„Wann wird die öffentliche Besitznahme stattfinden?" Eine weitere Stimme, diesmal von der gegenüberliegenden Seite des Kreises.

Die Kommentare und Meinungsäußerungen gingen weiter...und eskalierten. Sie erreichten eine Lautstärke und Intensität, von der ich schnell genug hatte. Ich hob die Hand, und Stille trat ein. Als Herrscher fand ich es wichtig, die Meinungen und Gedanken der Ratsherren anzuhören. Ich wollte nie, dass diejenigen, die ich regierte, das Gefühl hatten, als hätten sie kein Mitspracherecht. Vor dem heutigen Tag waren ihre Stimmen ausschließlich in Angelegenheiten des Planeten erklungen.

An einen Partner vergeben

Obwohl ich Oberster Ratsherr war, standen mein Privatleben und meine Partnerin nicht zur Diskussion.

„Wie es Brauch ist, und wie mein zweiter Befehlshaber bereits sagte, hat sie ihre Erstbesteigung hinter sich." Ich deutete mit dem Kopf auf Goran, der abseits saß und ein weiteres Mal zustimmend nickte. „Der Akt wurde bezeugt, aufgezeichnet und abgegeben." Meine Hand ballte sich an meiner Seite zur Faust, und ich wünschte mir eine Klinge herbei, um die meine Finger sich schließen konnten. Keiner dieser Männer würde die privaten Lustmomente meiner Partnerin zu Gesicht bekommen. Ich würde nicht teilen. Niemals.

„Wir alle hätten dabei anwesend sein sollen", meldete sich Ratsherr Bertok wieder zu Wort. Er war aus der Außenregion, aus den Wildlanden, die er erwähnt hatte, und ich wusste, dass ihre Sitten und Bräuche bezüglich ihrer

Partnerinnen mehr mit roher Gewalt zu tun hatten als mit sanfter Überzeugung. Obwohl ich wusste, dass die Erstbesteigung bezeugt werden musste, bedeutete das noch lange nicht, dass mir der Gedanke gefiel, pompösen *Farks* wie ihm sinnliche Unterhaltung auf Kosten meiner Partnerin zu liefern. Mein Leben als Anführer stand unter ständiger Beobachtung, aber einen Aspekt würde es geben, der privat bleiben würde. Sobald wir wieder im Palast waren, würden meine Handlungen mit meiner Partnerin uns alleine gehören. Nicht einmal Goran würde dabei sein. Ich würde sie auf meine persönlichen Wünsche hin ausbilden, nicht auf die des gesamten Rates.

Ich ging nicht auf den Kommentar ein, sondern sagte: „Ich habe sie in Besitz genommen. Sie ist mit meinem Samen markiert und sie trägt meine Kette. Ende der Diskussion." Ich deutete Goran mit einem Finger an, sich zu mir zu gesellen.

„Wenn wir uns die Tagesordnung dieser Sitzung ansehen, können wir mit dem wirtschaftlichen Wachstum in Sektor Vier beginnen."

Ich wandte meine Aufmerksamkeit dem Zweck dieser Sitzung zu. Weiter über meine Partnerin zu sprechen, würde nur die Zeit verlängern, die ich ihr fern sein würde. Ihr Leben auf der Erde—oder was sie angestellt hatte, um verbannt zu werden—war für mich nicht von Bedeutung. Sie war nun hier bei mir, und ich würde sie nicht gehen lassen.

―――

„Schau nur die Kette, die zwischen ihren Beinen baumelt. Sie hat ihn nicht glücklich gemacht." Die schrille Stimme der Frau ließ mich herumwirbeln, wobei die Kette gegen meinen Schenkel schnalzte. Ich stieß zischend den Atem aus und hielt die Kette fest, damit sie nicht weiter die Wände meiner Pussy stimulierte. Das brachte nichts. Ich hatte die Kugeln erst ein paar Minuten in meinem Körper, und ich war bereits soweit, Tark unter Tränen um Erlösung von der ständigen Erregung anzuflehen. Es war ein subtiles Surren, das ausreichte, um mich laufend an seine Kontrolle über mich zu erinnern—und an meine Orgasmen—aber nicht genug, um mir die süße Erlösung zu verschaffen.

Sie vibrierten und pulsierten ähnlich der medizinischen Sonde, wenn auch auf viel subtilere Art. Um sie in mir zu halten, wie ich angewiesen worden war, musste ich meine inneren Wände anspannen, was die süße Folter nur verstärkte.

Mehrere Frauen standen vor mir. Sie alle trugen identische, schlichte Bekleidung in Form eines Unterkleides aus durchscheinendem Stoff. Ich konnte durch das dünne Gewebe hindurch die Umrisse ihrer Nippelringe sehen, aber sah keine von ihnen mit einer Kette dazwischen verlaufen, wie bei mir.

Die Frau, die gesprochen hatte, war wunderschön, abgesehen von ihren höhnisch verzogenen Lippen. Ihr dunkles Haar floss ihr den Rücken hinunter. Sie war hochgewachsen und schlank, mit kleinen Brüsten und einer schmalen Taille. Sie war alles, was ich nicht war.

Die Haut auf meinem Hintern brannte noch, und ich fragte mich, ob sie durch das dünne Unterkleid, das Goran mir gegeben hatte, die Abdrücke sehen konnten, die Tarks Hand auf mir hinterlassen hatte. Meine Haut war blass genug, dass ich nicht einmal eine leichte Errötung verstecken konnte. Ein roter Po würde stark auffallen. Sie begutachteten mich mit intensiver Aufmerksamkeit, beäugten mich, als wäre ich von einem fremden Planeten—was ich ja auch war.

„Ich heiße Kiri", sagte eine der Frauen und trat vor. Sie war kleiner als die

Nervensäge, und obwohl ihr Neugier auf dem Gesicht stand, war dort keine Bosheit zu erkennen. Sie legte den Kopf schief und sagte: „Die anderen heißen Lin, Vana, Ria und Mara."

Ich wusste nicht, wer wer war, also nickte ich ihnen allen zu.

„Wir waren gerade mit unserer Handarbeit beschäftigt, als du hereinkamst. Setz dich doch zu uns."

Der Raum ähnelte dem von Tark, der Boden mit Teppich ausgelegt. Ähnliche Lichter tauchten den Raum in sanftes gelbes Licht. Die Luft war warm, und der Geruch von Mandeln lag in der Luft. Ich erkannte das Aroma aus meinem Traum im Abfertigungszentrum.

Sie drehte sich gemeinsam mit den anderen herum und ließ sich an einem Tisch nieder, an dem sie anscheinend an kleinen Holzschnitzereien arbeiteten. Es gab mehrere bequeme Stühle, einen niedrigen Couchtisch—Gott, hatten sie hier etwa Kaffee?—und einen weiteren großen Tisch an einer Wand, der mit unterschiedlichen Tellern voller Happen und Krügen mit Flüssigkeiten in unterschiedlichen Farben beladen war. Während ich mir einen Harem als eine Art Gefängnis vorstellte, immerhin standen draußen Wachen, waren die Annehmlichkeiten von gleichem Niveau wie in Tarks eigenem Zelt.

Die Damen widmeten sich wieder ihrer Arbeit, alle außer der schlanken, schönen Frau. Sie starrte mich an, als wäre ich mit dem Müll hereingebracht worden.

„Er wird dich abweisen", schnappte sie.

„Mara, lass sie in Ruhe", sagte Kiri.

Mara verdrehte die Augen bei den Worten der anderen Frau, aber nur ich konnte den Ekel und Neid auf ihrem Gesicht sehen. „Ich habe gehört, dass nur Verbrecherinnen von der Erde geschickt werden. Was war dein Verbrechen?"

Ich hatte in Mara keine Freundin, soviel war klar. Vielleicht konnte ein wenig Furcht stattdessen etwas bewirken, also sagte ich ihr die Wahrheit. „Mord."

Die anderen Frauen hörten zu arbeiten auf, und eine schrie vor Schmerz auf. „Aua, ich hab mir in den Finger geschnitten."

Sie hielt ihre verletzte Hand fest, während die anderen Frauen sie umkreisten, um sie zu versorgen.

„Ich kann helfen." Ich versuchte, an Mara vorbeizukommen. Meine medizinische Ausbildung ließ meinen Körper reflexartig reagieren, bevor ich nachdachte.

Mara stieß mir gegen die Schulter. „Helfen? Indem du sie auch noch umbringst?"

Ich stockte und sah zu, wie ein kleines Gerät über die Wunde gehalten wurde. Es gab ein blaues Licht ab, und während der nächsten paar Sekunden hörte die Wunde zu bluten auf und heilte vor meinen Augen.

Obwohl ich auf der Erde Ärztin war, schien es mir, als wären die medizinischen Errungenschaften auf Trion weitaus fortschrittlicher. Mein wissenschaftlicher Verstand fand es faszinierend. „Das ist ja unglaublich. Du bist völlig verheilt?"

Die Frau wischte sich mit einem feuchten Tuch, das ihr eine andere hinhielt, das Blut von den Händen, und streckte dann den nun verheilten Finger hoch. Sie lächelte und nickte. Es gab so viel zu lernen, und ich war begierig darauf, das Heilungsgerät zu begutachten.

Mara packte mich am Arm und führte mich—eher unsanft—ans andere Ende des Zeltes, sodass niemand ihre gemeinen Worte hören konnte. „Er hat jede von uns schon gefickt, weißt du."

Als ich den Mund verzog, lächelte sie und fuhr fort.

„Das wusstest du nicht? Hmm? Tark fickt alle Frauen. Du bist nichts Besonderes für ihn. Er kann sich jede von uns hier jederzeit bestellen, um ihn zu verwöhnen, wann immer er will. Er hat die Wahl."

Sie blickte auf mich hinunter, überzog meinen runden Körper mit Verachtung.

„Warum bin ich dann hierher geschickt worden, ihm zugewiesen?", fragte ich und hob das Kinn. Ich würde ihr nicht zeigen, dass ich aufgebracht war. Der Gedanke daran, dass Tark mit Mara oder irgendeiner anderen Frau zusammen war—nein, *jeder anderen Frau*—drehte mir den Magen um.

„Weil er einen Thronfolger braucht. Schau dich an. Überfüttert, üppige Hüften, praller Busen. Du bist zum Gebären geschaffen. Ich dagegen"—sie warf ihr Haar zurück—„bin für Begierde geschaffen."

Die Zeltklappe öffnete sich, und einer der Wachen steckte den Kopf hindurch und blickte sich um. „Mara, sofort mitkommen. Er will dich jetzt." Meine Kinnlade fiel hinunter, und ihre Augen leuchteten triumphierend auf. Sie schob die Schultern zurück und kniff sich durch ihr Kleid in die Nippel, bis sie spitz zustanden, die Ringe deutlich zu sehen. „Siehst du?", rief sie mir über die Schulter zu, dann ging sie und schloss die Zeltklappe schnalzend hinter sich. Ich stand da und starrte ihr nach, fühlte mich hohl und leer, mit zwei Kugeln in meiner Pussy und der daran hängenden Kette in der Hand, wie ein Hund, der seine eigene Leine trägt. Selbst die Vibrationen, die sie abgaben, taten nichts mehr für mich.

Ich war erst eine Stunde oder zwei von meinem Planeten weg, und schon war ich von meinem Partner gefickt und für unzureichend befunden worden. Mara gab vor, dass Tark nur für Nachwuchs an mir interessiert war—wofür würde er mich kurviges Ding sonst wollen?—und er hatte sie holen lassen, um seine unbändige Lust zu sättigen, nur wenige Minuten, nachdem er seinen Samen meine Schenkel hinunter laufen sah. Ich war nur eine unter Vielen im Harem. Ich war nicht begehrenswert, ich war nur das dicke Mädel, das Babys auf die Welt bringen konnte.

Hier war ich also, für nichts weiteres bestimmt als eine Zuchtmaschine zu sein, für immer wie eine Kriminelle behandelt? Eine Mörderin? Auf der Erde war ich vielleicht nicht viel, aber sogar dort war ich mehr als das. Eine unschuldige Ärztin ohne Liebesleben? Ja. Aber ich heilte Leute, ich brachte sie nicht um.

Nun, hier auf diesem sandigen Planeten, war ich nichts als eine Babyfabrik. Eine biologische Maschine.

Aber ich, die Frau? Die Braut? Die Heilerin? *Ich* war wertlos.

„Wo kann ich schlafen?", fragte ich Kiri. Ich konnte die Niedergeschlagenheit in meiner Stimme hören. Sie hob den Kopf und schenkte mir ein mitleidiges Lächeln.

„Dort drüben." Sie deutete auf eine Öffnung im Zelt, die mir noch nicht aufgefallen war. Ich duckte mich hindurch und befand mich in einem Nebenzelt, das mit dem ersten verbunden war.

Darin befanden sich Berge von weichen gewebten Decken und Fellen auf erhöhten Plattformen, ähnlich wie Betten. Es gab einen weiteren Tisch, der mit einem Korb voller Brote und Früchte beladen war, und einem Trinkgefäß voll mit einer klaren Flüssigkeit, die wohl Wasser war. Ich warf einen Blick auf das Essen, und mein Magen zog sich zusammen.

Ich fand ein kleines Plätzchen, auf dem die Decken gefaltet waren und das offenbar von niemandem benutzt wurde. Ich kletterte hoch, zog die warmen Decken über mich, legte meine neue Leine so aus, dass die Stimulation meines Innersten vielleicht aufhören konnte, und rollte mich auf die Seite zur Wand. Ich bewegte mich vorsichtig, aus Angst, dass ich zufällig die andere Kette erwischen und an meinen Nippeln zerren könnte, aber sobald ich bequem lag, wurde ich auf andere Bereiche meines Körpers aufmerksam. Ich war feucht zwischen den Beinen, Tarks Samen sickerte immer noch aus mir heraus. Mein Inneres schmerzte, denn obwohl ich seinen Schwanz nie gesehen hatte, wusste ich, dass er groß war. Zu groß für meinen kaum benutzten Körper, der nun vollgestopft mit Metallkugeln war, die er Lustkugeln genannt hatte. Und dann war da noch mein Hintern. Dort hatte ich auch Schmerzen, denn noch nie zuvor war etwas darin eingeführt worden, nicht einmal eine Fingerspitze. Mein Po brannte von seiner Bestrafung, eine glühende Wärme, die hoffentlich bald nachlassen würde. Mein Körper war immer noch weich und entspannt von den Orgasmen, die Tark mir entlockt hatte. Die Tatsache, dass ich so bereitwillig reagiert hatte, machte mein Elend nur noch größer.

Wie konnte ein Mann mir sowohl unfassbare Lust als auch herzzerreißende Enttäuschung bereiten? Er hatte Mara holen lassen, nachdem er mich zum Harem weggeschickt hatte. Zu einem Harem! Gott, ich war nur eine unter Vielen für diesen Mann. Er hatte gesagt, dass ich seine Partnerin bin, dass ich ihm gehörte, aber er gehörte nicht mir. War das hier der Brauch? Wie konnte irgendein psychologisches Profil oder Testverfahren mich als die Art von Frau identifiziert haben, die damit glücklich war, eine unter vielen Frauen im Bett eines einzelnen Mannes zu sein? Da musste irgendwo ein Fehler vorliegen.

Obwohl es eigentlich egal war. Ich musste einen kühlen Kopf bewahren. Über die nächsten Wochen würde ich wohl viel über mich ergehen lassen müssen. Aber ich durfte auch nicht vergessen, dass ich, sobald die Verhandlung beginnen würde, wieder zur Aussage zurücktransportiert werden würde. Dann würde ich zu meinem Leben auf der Erde zurückkehren, und Tark würde sich auf der anderen Seite der Galaxis befinden. Auch Mara, die Zicke, würde auf der anderen Seite der Galaxis sein. Bis dahin musste ich bloß überleben. Der Staatsanwalt hatte gesagt, dass der Gerichtstermin in drei Monaten stattfinden sollte, aber das Datum war nie garantiert worden.

Zumindest konnte ich nicht

schwanger werden, bevor mich die Justiz auf der Erde zurückholte. Gott sei Dank. Was würde passieren, wenn ich schwanger werden würde, bevor ich nach Hause zurückkehrte? Was würde ich mit Tarks Kind unter meinem Herzen auf der Erde anfangen? Glücklicherweise hatte ich als Teil des Zeugenschutzprogrammes ein Implantat erhalten, das eine Schwangerschaft verhindern würde. Eines Tages würde ich es entfernen lassen. Aber nicht hier. Nicht jetzt. Ich war keine Babymaschine.

Ich zitterte unter den Decken. Ich saß hier ein paar Wochen lang fest. Vielleicht drei Monate. Was würde in der Zwischenzeit mit mir passieren? Ich war müde, erschöpft, und die Kugeln in mir pulsierten immer weiter. Ich fasste mir zwischen die Beine und rieb meinen Kitzler. Er hatte gesagt, dass sie mich erregen würden, aber nicht ausreichend, um zu kommen. Plötzlich über meine missliche Lage erzürnt, wollte ich seine Worte auf die Probe stellen und herausfinden, ob seine Behauptungen über diese Vorrichtung wahr waren. Außerdem wollte ich das Sehnen zwischen meinen Beinen stillen, mich der gedankenfreien Lust für die Dauer eines Orgasmus hingeben. Ich umkreiste mit meinen Fingern meinen Kitzler. Ich war glitschig und nass. Tarks Samen war reichlich vorhanden.

Ich presste meine Fersen ins Bett und rückte meine Hüften zurecht. Ich wusste genau, wie ich mich zum Kommen bringen konnte, ich hatte es oft genug getan. Diesmal aber dachte ich an Tark, sah sein Gesicht in meinem Kopf, stellte mir vor, dass die vibrierenden Kugeln tief in mir sein Schwanz wären. Es reichte aus, um mich vor Lust keuchen zu lassen, mein Innerstes anzuspannen und zusammenzuzucken. Ich spielte mehrere lange Minuten lang mit meinem Kitzler, bevor ich mit einem Keuchen zusammensackte, die Kugeln weiter surrend. Aber wie Tark versprochen hatte, hielt mich die Programmierung davon ab, einen Orgasmus zu erzielen. Ich war verklebt und verschwitzt, erregt und unsäglich unbefriedigt.

Leider half die zusätzliche Belastung des Begehrens meinem Körper so gar nicht mit seiner Erschöpfung. Bestimmt war das Ziehen in meiner Brust auf den Transport zurückzuführen, und nicht auf ein Gefühl des Betrogenseins. Der Mann, der mich in Besitz genommen hatte, war mir egal. Der mich gefickt hatte. Mich benutzt und dann mit diesen schnatternden Frauen alleine gelassen. Die einzige Bestrafung, die die Goldkugeln mit sich gebracht hatten, war Demütigung vor Mara gewesen. Nun kam ein tiefes und schmerzhaftes Sehnen in meiner Mitte hinzu, ein Sehnen, das nach Erfüllung rief. Ein Sehnen, das mich daran erinnerte, dass ich Tark nichts bedeutete außer als eine Maschine zu sein, die er zur Produktion von Thronfolgern nutzen wollte. Und Mara? Diese bitterböse Frau kam wohl gerade in diesem Moment auf Tarks Schwanz, über diesen kleinen Tisch geschnallt, nannte ihn Meister, während er sie von hinten nahm.

Das Bild tat weh, und das sollte es nicht. Tark bedeutete mir nichts. Ich kannte ihn erst ein paar Stunden. Ich musste vernünftig sein. Logisch vorgehen. Ich versuchte, mich mit Gedanken an Daheim abzulenken. Spaziergänge im Park. Kaffee und Schokolade. Mein warmes Bett in einer hübschen, gemütlichen Wohnung.

Ich würde schon bald genug wieder zu Hause sein. Bis dahin musste nur das hier überleben, und ich durfte nicht vergessen, dass Tark mir nicht gehören würde. Nicht wirklich. Nicht für immer.

Klar, Mara war eine Zicke, und Tark war trügerisch. Ich wusste nicht mehr, was ich denken sollte, und es war mir auch egal. Ich wollte nur fliehen, auf die einzige Art, die mir möglich war. Und so gab ich mich dem Schlaf hin.

5

„Sie verweigert sich", sagte Goran und erhob sich zu seiner vollen Größe, nachdem er in mein Zelt eingetreten war.

Ich drehte mich mit großen Augen herum. Hatte ich gerade richtig gehört? „Verweigert?"

Er schien nervös zu sein, als er nickte, da niemand mich verweigerte. Bis jetzt zumindest.

„Hat sie einen Grund für diesen Ungehorsam genannt?" Ich konnte den Zorn in meiner Stimme hören, aber ich war ruhig. War es eine Erdensitte, zu trotzen, oder war das nur Evelyn Day? War dies ihr Versuch, mich abzuweisen? Dafür war es zu spät. Sie gehörte mir. Wenn sie in der Zeit seit ihrer äußerst befriedigenden Besteigung ihre Meinung geändert hatte, dann lag es an mir, sie umzustimmen. Vielleicht war meine Bestrafung zu viel gewesen für ihren menschlichen Verstand? War es ihre geringe Körpergröße? Ich musste herausfinden, was Evelyn Day brauchte, um glücklich zu sein, und ob ihr Glück aus Bestrafung oder aus Lust entspringen würde.

„Das hat sie nicht."

„Sie ist noch im Harem?"

Er nickte erneut.

Goran hielt die Zeltklappe für mich offen. Ich erhob mich und trat in die warme Luft hinaus. Ich nickte den Vorbeigehenden zum Gruß zu, aber es lag wohl an meinem entschlossenen

Gesichtsausdruck, dass sie nichts zu mir sagten.

Die Wachen am Eingang zum Harem standen bei meiner Ankunft stramm. Ich duckte mich ins Frauenzelt hinein. Mehrere Frauen erhoben sich und begrüßten mich.

„Wo ist meine Partnerin?", fragte ich. Obwohl zwei der Frauen beim scharfen Ton in meiner Stimme erschraken, schenkte ich ihnen wenig Beachtung. Ich achtete nicht auf die Partnerinnen anderer. Nun war ich einzig an meiner eigenen interessiert.

Eine Frau deutete auf den Nebenraum.

Dort fand ich Evelyn Day auf einem Bett sitzend, wo sie ihr Haar bürstete. Sie sah ruhig und friedvoll aus, völlig unbeeindruckt von meinem Erscheinen.

„Du wirst kommen, wenn ich dich holen lasse", sagte ich.

Sie blickte zu mir auf, und ich sah

Feuer in ihren Augen. Sie zuckte die Schultern, legte die Bürste nieder und fing an, die langen Strähnen zu einem Zopf zu flechten. Sie wartete mit ihrer Antwort, bis sie ihren Zopf zugebunden hatte. „Es überrascht mich, dass dir das so wichtig ist, da jede von uns gerade so gut ist wie die andere, nicht wahr?"

Sie erhob sich, und sie war schöner, als ich es in Erinnerung hatte. Sie trug das gleiche Unterkleid wie die Anderen, aber der dünne Stoff spannte sich über ihren Körper und verbarg keine ihrer Kurven. Ihre harten Nippel und die Ringe, die sie schmückten, waren deutlich zu erkennen. Die Kette zeichnete eine sanfte Kurve unter dem Stoff ab. Das Gewebe spannte sich über ihre breiten Hüften und fiel nur bis zur Mitte ihrer Schenkel hinab. Und dort, zwischen ihren Schenkeln, baumelte das Anzeichen meines Wunsches. Ich hatte die Lustkugeln schon vor Stunden deaktiviert. Vielleicht brauchte sie eine weitere Erinnerung daran, wer das Sagen hatte, oder vielleicht waren es diese Kugeln gewesen, die sie zu weit in den Widerstand gezwungen hatten. Egal wie, sie war jetzt noch verlockender als zuvor, als sie nackt gewesen war.

Ihr Körper hatte mich abgelenkt, und ich musste mir ihre Frage wieder in Erinnerung rufen. Ich verzog das Gesicht. „Jede wie die andere?"

„Die Frauen im Harem."

„Ich weiß nicht, wovon du sprichst. Teilen Männer auf der Erde ihre Partnerinnen mit anderen?"

„Dies ist ein Harem, oder nicht?"

„Ja."

Ihr Mund stand leicht offen, dann kniff sie die Augen zusammen. „Es gibt keine Harems mehr auf der Erde. Es gibt sie schon seit Jahrhunderten nicht mehr. Das hier ist *dein* Harem, nicht wahr?"

„Das hier ist der Harem für alle auf Außenposten Neun", antwortete ich.

An einen Partner vergeben

Wir standen einander gegenüber, und mir war diese Art Unterhaltung völlig neu. Für gewöhnlich horchten die Leute, während ich sprach, und antworteten dann mit einem ernsthaften „Ja, Sir".

An die schiere Anzahl ihrer Fragen war ich nicht gewöhnt. Ich bezweifelte, dass ich so bald ein „Sir" über ihre Lippen bekommen würde, ganz zu schweigen von einem „Meister", zumindest nicht, solange sie Kleidung über ihrer weichen Haut trug.

Sie war schnell, denn ich sah es kaum, wie sie die Bürste aufnahm und auf mich warf. Ich konnte dem harten Gegenstand kaum ausweichen. *Fark*, sie konnte ausgezeichnet zielen!

„Du planst, mich mit dem gesamten Außenposten zu teilen?" Sie zischte die Anschuldigung hervor, ihre Stimme voll von Gift und Schmerz. Der Ausdruck auf ihrem Gesicht sprach von Rage, aber hinter dem Feuer in ihren Augen stand der Schmerz des Betrogenseins. „Ich sagte bereits, lieber gehe ich auf der Erde ins Gefängnis, als eine Hure zu sein."

Nachdem meine Überraschung verflogen war, schob ich die Schultern zurück und blickte streng auf ihre zitternde Gestalt hinunter. „Und ich sagte bereits, dass ich dich mit niemandem teile."

Die Lautstärke meiner eigenen Stimme ließ sie einen kleinen Schritt zurück treten, aber sie streckte ihr Kinn hoch. Sie war so widerspenstig, und dieses Feuer machte meinen Schwanz hart wie Stein. Ich wollte dieses Feuer schmecken, meinen Mund an sie legen, bis sie wimmerte und mich anbettelte, sie um den Verstand zu vögeln!

„Und doch bin ich dazu gezwungen, dich mit den anderen zu teilen?" Sie verschränkte die Arme vor der Brust, womit die oberen Hautfalten ihres Busens aus dem Kleid hervorragte.

Ich biss bei dem Anblick die Zähne zusammen, denn mein Schwanz war hart und meine Hand zuckte danach, ihr für ihre Unverschämtheit den Hintern zu versohlen. Sie verursachte Frust, bei dem sich mir die Brust enger zog und die Fäuste sich zu meinen Seiten ballten. *Fark!* Meine Partnerin sollte doch fügsam und lieb sein, keine Frau, die mich anzischen würde oder alles hinterfragen, was ich tat. Aber ich würde sie nicht im Zorn nehmen oder anrühren.

„Ich habe keine anderen", antwortete ich.

„Ha!" Sie lachte ohne Humor. Offensichtlich glaubte sie mir nicht. Warum? Warum sollte sie nur denken, dass meine Worte unwahr waren?

Sie hob eine Hand und winkte mit ihr durch den Raum. „Was ist dann das hier?"

Ich blickte mich in dem Raum um, opulent selbst für einen Außenposten. „Es ist der Ort, an dem die Frauen zu ihrer Sicherheit aufbewahrt werden."

Aus dem Augenwinkel sah ich, wie die Klappe zwischen den beiden Räumen sich bewegte, und wusste, dass wir mit unserer Unterhaltung nicht alleine waren. Ich seufzte. Zweifellos hatten die anderen Frauen unsere Auseinandersetzung mitangehört, und ich konnte es nicht brauchen, dass mein Privatleben zum Gegenstand ihres Klatsches wurde oder zum Futter für diejenigen, die mich zu stürzen suchten.

Ich beugte mich vor, lehnte meine Schulter gegen Evelyn Days Taille und warf sie mir darüber, auf die Kette achtend, die, wie ich wusste, unter ihrem Kleid baumelte. Ich packte mit einer Hand die Rückseite ihrer Beine und duckte mich in den anderen Raum hinein, wo die Frauen zurücktraten, um mich vorbeizulassen.

„Was tust du da? Lass mich runter!",

rief Evelyn Day und boxte mit ihren kleinen Händen in meinen Rücken.

Als ich ihr einen Klaps auf den Hintern versetzte, bemerkte ich, dass ihr Kleid hochgerutscht war, und ich zog es herunter, um sie zu bedecken. Wenn ich sie quer über den Außenposten tragen würde, wollte ich nicht, dass jedermann ihre Pussy und ihren köstlichen Po sehen konnte.

Sie hatte eine Fehlinformation bezüglich des Harems erhalten und war darüber außer sich vor Zorn. Ich musste diese Angelegenheit aufklären, denn ich wollte mich wieder in ihr versenken, mich mit ihr vereinen, sie unter mir fühlen, dafür sorgen, dass sie wusste, dass sie mir gehörte. Aber bis dieser Irrtum geklärt war, würde ich mit Gewissheit verweigert werden.

„Wir gehen jetzt zu meinem Zelt. Obwohl der Harem dich beschützt, haben wir dort keinerlei Privatsphäre. Für das, was ich mit dir vorhabe, ist Privatsphäre oberste Priorität. Ich würde gern mit dir sprechen, ohne dabei die Aufmerksamkeit des gesamten Außenpostens auf uns zu lenken, daher solltest du deine Zunge zügeln.

―――

BEVOR DIE ZELTKLAPPE zum Harem zufiel, erhaschte ich einen Blick auf Maras boshaftes Grinsen. Ich wusste, dass dieses Lächeln nichts mit Freundschaft zu tun hatte. Wahrscheinlich genoss sie die Gewissheit, dass ich bestraft werden würde. So unterwürfig, wie die anderen Frauen sich Tark gegenüber verhalten hatten, ging ich davon aus, dass die meisten sich ihm nicht so widersetzten wie ich.

So groß, wie seine Augen wurden, als meine Haarbürste von der Zeltwand abprallte, musste ich annehmen, dass auch noch nie zuvor etwas nach ihm geworfen worden war. Ich hatte mich nicht zurückhalten können. Der Mann machte mich so zornig! Wie konnte er es wagen, sich über mich zu beugen, mich mit seinem Schwanz völlig auszufüllen, mir ins Ohr zu flüstern, dass ich ihm gehörte, und dann nur kurze Zeit später nach Mara zu schicken?

Wenn er diese fiese Frau ansprechend fand—obwohl ich zugeben musste, dass ihr Körper das war, was die meisten Männer begehrten, selbst wenn ihre Persönlichkeit gewiss zu wünschen übrig ließ—dann wollte ich nichts mit ihm zu tun haben. Offenbar hatte das Zuweisungsprogramm des Abfertigungszentrums einen enormen Fehler gemacht.

Die Maschine im Abfertigungszentrum hatte sich in meinen Geist gebohrt und den passendsten Partner aufgrund meiner unterschwelligen, unterbewussten Begehren und Verlangen ausfindig gemacht. In dem Stuhl hatte ich davon geträumt, von einem Mann genommen zu werden, während ein anderer zusah. Seine Worte waren roh aber sexy gewesen —verdammt, sogar geradezu geil—aber ich musste dennoch hinterfragen, ob das wirklich war, was ich wollte. Ich hatte mich hartnäckig dagegen gewehrt, dass Goran mich anfasste, und dankenswerterweise hatte Tark sich als ebenso wählerisch erwiesen, zumindest bis jetzt.

Ich würde selbst im Unterbewusstsein doch sicherlich keinen Mann wollen, der Trost bei anderen Frauen suchte.

Ich spürte die warme Luft auf meiner Haut, während Tark mich quer durch den Außenposten trug. Es war dunkel gewesen, als ich zuletzt draußen war. Ein ganzer Tag war vergangen, und wieder war das Tageslicht verblichen.

Tintenschwarze Dunkelheit umgab uns, und darüberhinaus hing ich kopfüber. Mein Partner ließ mir nicht viel Gelegenheit, meine neue Welt zu sehen.

Schon bald befanden wir uns wieder im Inneren, und ich wurde von Tarks Schulter heruntergelassen. Er nahm sich Zeit damit, und als er meine Füße auf dem Teppichboden absetzte, ließ er seinen Blick prüfend über mich schweifen, als wollte er sich von meinem Wohlbefinden überzeugen.

Wir waren in Tarks Zelt.

„Wo ist der Ficktisch?", fragte ich. „Erwartest du, dass ich mich wieder darüber beuge? Hat Mara das gern? Oder ist es für einen Mann auf Trion nur dann möglich, eine Frau zu ficken, wenn sie festgebunden ist?"

Tark stand schweigend da und ließ mich diese scharfen Worte ausstoßen. Er trug ähnliche Kleidung wie am Vortag. Schwarze Hosen, graues Hemd, obwohl diese Hemd kurze Ärmel hatte und vorne zugeknöpft war. Seine breiten Schultern und seine Brust zeichneten sich unter dem straffen Stoff deutlich ab. Er war so groß, und doch war er das perfekteste Beispiel eines Mannes, was ich je gesehen hatte. Männer wie ihn machten sie auf der Erde nicht, zumindest hatte ich noch keinen gesehen. Sein dunkles Haar war etwas zerzaust, womöglich davon, mein beträchtliches Gewicht herumzutragen.

Es waren aber seine Augen, die so viel Ausdruck hatten. Ich sah einen Funken Ärger in ihnen, aber er war bemerkenswert ruhig. Ruhiger als ich es war. Sein Blick enthielt auch Überraschung und definitiv Feuer.

„Sind alle Frauen auf der Erde so schwierig?"

„Ficken alle Männer auf Trion alles, was mit einer Pussy daherläuft?", entgegnete ich mit schriller Stimme.

Anstatt zu schreien, kniete er vor mir

nieder. Bevor ich seine Absicht erkennen konnte, hatte er unter mein dünnes Kleid gegriffen und mir die Lustkugeln aus dem Körper gezogen, mit einem sanften Ruck an der baumelnden Kette.

Ich stöhnte auf, als sie herausglitten und meine Pussy sich leer anfühlte. Ich zog die Muskeln zusammen. Es fühlte sich seltsam an, dass sie weg waren, obwohl sie schon seit einiger Zeit nicht mehr vibrierten, schon seit ich geschlafen hatte. Er legte sie beiseite auf den Teppich.

„Es scheint, dass wir uns eine andere Form der Bestrafung überlegen müssen, da mein Gerät hier anscheinend sowohl dein Mundwerk als auch deine Stimmung schlimmer gemacht haben, anstatt besser." Ich öffnete den Mund, um zu widersprechen, aber er warf mir einen Blick zu, der mich verstummen ließ. „Wir kennen einander kaum, und heute werde ich dem abhelfen." Tark stand wieder auf, so nahe, dass die Hitze von seiner Brust mich über die geringe Distanz hinweg erreichte. „Du stellst meine Ehre in Frage, aber ich muss feststellen, dass dein Ärger mir gefällt."

Diese Worte hatte ich nicht von ihm erwartet. Ich hatte erwartet, dass er schreien und mit den Armen wedeln, mich vielleicht sogar über irgendeinen verdammten Hocker werfen und mir wieder den Hintern versohlen würde. Aber dass es ihm gefällt? Er hatte mich sprachlos gemacht.

„Es... es gefällt dir?", fragte ich.

„Ja." Er grinste und packte mich mit seinen starken Händen an meinen Oberarmen, gerade fest genug, dass ich mich geschätzt fühlte, aber nicht bedroht. Er wusste, wie er mich entwaffnen konnte. Der Mann sei verdammt, er war nur noch gutaussehender, wenn er grinste, und mein Herzschlag schaltete eine Stufe höher. Ihn auch nur lächeln zu sehen war für mich gesundheitsgefährdend. „Du glaubst, dass ich etwas Ehrloses getan habe, und du bist darüber aufgebracht. Es gefällt mir, dass du von deinem Partner Ehre forderst."

Darauf hatte ich keine Antwort.

„Ich wünsche, zu erfahren, welche Ehrlosigkeit du mir zuschreiben würdest."

„Du bist dir deiner Handlungen bestens bewusst. Oder vielleicht gibt es ein Problem mit dem Kurzzeitgedächtnis hier auf Trion?"

Tark ließ meine Arme los, und ich bedeckte sie sofort mit meinen eigenen Händen, in dem jämmerlichen Versuch, seine Wärme zu behalten. Er ging auf einen Stuhl zu, setzte sich auf ihn und lehnte sich zurück, die langen Beine vor sich ausgestreckt. Er lehnte die Ellbogen auf die Armlehnen und legte die Hände zusammen. „Ich habe ein ausgezeichnetes

Gedächtnis, Partnerin. Und nun sag mir, was dich erzürnt."

Ich seufzte. Vielleicht waren alle Männer, egal, auf welchem Planeten sie geboren waren, ein wenig begriffsstutzig.

„Hast du vergessen, dass du mich gerade erst gefickt hattest, als du eine andere holen ließt?"

Da zog er eine Augenbraue hoch. „Ich habe eine andere Frau holen lassen? Wen?"

Obwohl Mara mich nicht leiden konnte, wollte ich sie nicht noch wütender machen. Ich hatte das Gefühl, als würde ich petzen wie ein Kind, aber Mara hatte nicht nach Tark gesucht, sie war geholt worden. Ich stellte nur eine Tatsache fest.

„Mara."

Tark verzog das Gesicht. „Nun ergeben deine vorigen Aussagen über Mara auch Sinn. Aber Mara gehört Davish, und ich versichere dir, selbst wenn das nicht so wäre, wäre sie keine Frau, nach der ich schicken würde."

Nun war ich an der Reihe, das Gesicht zu verziehen. Langsam wurde mir etwas unbehaglich, als mein Ärger sich rasch verzog. Meine Unsicherheiten kamen zum Vorschein. Ich blickte auf den gemusterten Teppich hinunter.

„Oh." Ich spielte die Szene aus dem Gedächtnis noch einmal ab. Der Haremswächter hatte Tark nicht erwähnt, als er Mara fortschickte. Er hatte nur *er* gesagt. Dieser *er* war offenbar ihr Partner Davish gewesen.

Was für eine fiese Zicke.

Durch meine Wimpern hindurch sah ich, wie er langsam den Kopf schüttelte. „Ich habe nach der Frau geschickt, die ich wollte, und sie hat mich verweigert."

Mein Kopf hob sich nun. Er krümmte den Finger und deutete mir, näher zu kommen. Ich schluckte, als ich auf ihn zutrat, der Teppich weich unter meinen bloßen Füßen.

„Beanspruchen Männer auf der Erde jede Frau, die sie wollen?"

Ich schüttelte den Kopf. „Nein."

„Haben Männer auf der Erde keine Ehre?"

Tark legte seine Hände auf meine Hüften und zog mich näher, bis ich zwischen seinen gespreizten Knien stand. Das heiße Gefühl seines Griffes brachte mich zum Keuchen.

Ich zuckte mit den Schultern. „Manche haben keine."

„Ich nehme an, du hattest ausschließlich Interaktionen mit den ehrlosen Exemplaren?"

Ich blickte auf seine Unterarme, dick und von Muskeln durchzogen, von dunklen Haaren bedeckt.

„Mit manchen."

„Ist dir klar, was ein Harem ist?", fragte er.

Ich blickte zu ihm hoch, seine dunklen Augen klar und konzentriert auf mich gerichtet. Der Ärger war fort, in uns beiden.

„Es gab sie vor langer Zeit auf der Erde. Manche Kulturen erlaubten einem Mann, mehrere—viele—Frauen nur für sich zu haben. Ein Harem war der Begriff, der alle seine Frauen bezeichnete, aber so wurde auch der Ort genannt, wo sie sich aufhielten, bis sie gerufen wurden, um seinen Gelüsten zu dienen."

„Nun sehe ich das Problem, das wir hier haben." Seine Daumen streichelten an meinen Schenkeln auf und ab, schoben den dünnen Stoff meines Unterkleides höher und höher hinauf, bis sie über nackte Haut strichen.

„Ein Harem auf Trion ist ein gut bewachter und befestigter Ort, an dem eine Frau sich aufhält, wenn ein Mann ihr keinen Schutz bieten kann. Jede Frau, der du begegnet bist, gehört jemandem, so wie Mara Davish gehört und du"—er beugte sich vor und drückte einen Kuss auf meinen Bauch—„mir gehörst."

Die Art, wie er *mir gehörst* sagte, entfachte einen kleinen Hoffnungsschimmer. „Ich dachte—"

„Ich weiß, was du dachtest. Ich habe dir meinen Namen genannt, aber ich habe dir noch nicht gesagt, dass ich Oberster Ratsherr bin. Ich bin sicher, dass es eine ähnlich verantwortungsvolle Position auf der Erde gibt, vielleicht mit einem anderen Titel. Ich bin der Anführer des Nordkontinents und der sieben Armeen. Wir befinden uns hier auf Außenposten Neun für die jährliche Generalversammlung der anderen Ratsherren des Planeten. Jeder von uns repräsentiert eine andere Region oder ein anderes Gebiet des Planeten."

„Wir haben auf der Erde etwas ähnliches, aber jedes Land hat einen eigenen Anführer. Es gibt keinen alleinigen Anführer der ganzen Welt."

„Und sind alle Länder auf eurer Welt gleichrangig? Oder haben einige von ihnen mehr Macht als andere?"

„Es gibt ein paar große Länder, die fast alles beherrschen."

„So ist es auch hier. Meine Region ist die mächtigste und die größte. Verstehst du nun die Wichtigkeit meiner Rolle und die Gefahr, die sowohl mich als auch meine Partnerin verfolgt? Gestern wollte ich dich von all der Neugierde abschirmen."

Ich biss mir in die Lippe. „Neugierde?"

„Die Politik wollte es, dass ich eine Frau von Trion zu meiner Partnerin mache, aber ich habe zahlreiche Angebote abgeschlagen. Ich wartete auf eine interstellare Braut, da ich keine politische Verbindung eingehen wollte. Ich wollte jemanden, der mir gehören würde, und nur mir, ohne politische

Absichten und ohne Hintergedanken. Ich wollte eine Frau, die perfekt auf mich, den Mann, abgestimmt war. Und das bist du."

Ich legte den Kopf schief, aber alle Angst, alle Sorgen waren weg. „Wie kannst du dir so sicher sein?"

„Ich wusste es in dem Moment, als der Transfer vollständig war."

Er erschien so überzeugt davon, dass wir über alle die Möglichkeiten der Galaxis hinweg miteinander übereinstimmten. Ich hatte nicht einmal beabsichtigt, jemandem zugeordnet zu werden. Ich *sollte* auf der Erde sein, im Krankenhaus, und Patienten behandeln. Er glaubte, dass ich für immer hier auf Trion bleiben würde, aber unsere Verbindung war vorübergehend, nur bis zu meinem Rückruf zur Erde für die Aussage. Mit einem Mal war der Gedanke daran, fortzugehen, nicht mehr so vielversprechend, wie er sein sollte.

Seine Hände umfassten meinen

Hintern, und zogen mich näher an ihn heran.

„Dann... dann versprichst du mir, dass du nicht nach Mara geschickt hast?"

Ich hörte ihn tief in seiner Brust grollen. „Weib, ich hätte mir keine interstellare Braut bestellt, wenn ich Mara ficken wollte."

Er musste etwas in meinem Gesicht gesehen haben, denn er setzte hinzu: „Habe ich deine Sorgen beschwichtigt? Haben wir hiermit gegenseitiges Verständnis erlangt?"

Ich biss mir auf die Lippe und ließ die Anspannung und Besorgnis, die ich erlitten hatte, von mir gleiten. „Du hast mich in den Harem geschickt, damit ich beschützt werde?"

„Ich hatte eine Sitzung mit den Ratsherren und konnte nicht über dich wachen. Ich habe dich mit den Haremswachen beschützt, da ich nicht selbst bei dir sein konnte."

Da lächelte ich. Es war zwar etwas verhalten, aber ich lächelte. „Es tut mir leid. Ich bin es nicht gewohnt, dass ein Mann mich wählt, wenn er eine Frau wie... wie Mara haben kann."

„Nun bin ich aber verwirrt. Warum sollte irgendjemand Mara dir vorziehen?"

Ich prustete. „Stramme Brüste. Ein flacher Bauch. Schmale Hüften. Oberschenkel, die nicht von Zellulitis zerfurcht sind. Haar, das glatt und gebändigt ist."

Tarks Augen wurden schmal. Er streifte schweigend das Kleid hoch und über meinen Kopf, und warf das Kleidungsstück auf den Teppich. Die Kette baumelte und streifte über meinen Bauch.

„Deine Bestrafung wird immer länger."

„Wie bitte?" Ich wollte zurückweichen, aber er hielt mich eisern im Griff.

"Eine Haarbürste nach deinem Meister zu werfen, ist eindeutig eine strafbare Handlung. Sich vor anderen Leuten wie eine Furie zu verhalten, verlangt nach strengen Konsequenzen. Von dir selbst negativ zu sprechen, ist noch viel schlimmer. Ich möchte nie wieder hören, dass du so von dir sprichst."

"Aber—"

Er drehte mich abrupt herum, drückte mich dann hinunter über seine Knie, und wieder war ich in der Position für Hiebe. Seine Handfläche prallte auf meinen nackten Hintern.

Ich fasste nach hinten, um mich zu bedecken, aber er packte mein Handgelenk und hielt es fest. Gott, das hatte er schon am Vortag getan, und ich hätte daraus eine Lehre ziehen sollen. Ich hätte viele Dinge lernen sollen, aber wieder einmal lag ich mit hochgestrecktem Hintern da.

Er sprach, während seine Hand

wiederholt auf mich herunter regnete. Anders als gestern waren diese Hiebe viel stärker, die Schläge trafen mich überall mit einer Kraft, gegen die ich mich auf die Zehenspitzen stemmte und mich in seinem festen Griff wehrte.

„Ich mag es, wenn meine Frau Kurven hat. Ich mag es, wenn meine Frau Hüften hat, an denen ich mich festhalten kann, wenn ich sie ficke."

Ich konnte die Schreie nicht zurückhalten, die über meine Lippen kamen. Es tat weh! Dies war keine simple Lektion; dies war umfassende Bestrafung.

„Ich mag es, wenn meine Frau Brüste hat, die meine Hände füllen." Seine Hand streichelte über die erhitzte Haut. „Wie kannst du das in Frage stellen?"

Ich versuchte, Atem zu schöpfen, während er Pause machte. „Weil ich klein und fett bin."

Seine Hiebe gingen erneut los, und ich kniff mein Gesicht zusammen bei dem brennenden Schmerz und wehrte mich gegen seinen Griff um mein Handgelenk. „*Gara*, wie wurdest du für unsere Zuordnung getestet?"

Sein Finger schnippte gegen einen der goldenen Ringe. Ich schnappte nach Luft angesichts der Lust, die das hervorrief. Die Kombination mit dem scharfen Stechen auf meinem Hintern ließ meine Pussy zusammenzucken. Mein Kitzler sehnte sich danach, berührt zu werden, und ich spürte, wie meine Schenkel feucht wurden.

„Sie haben Sensoren an mir angebracht und verabreichten mir etwas, um meinen Verstand mit Halluzinationen auszutricksen. Sie zeigten mir hunderte Bilder. Dann begann ich zu träumen. Als ich aufwachte, war die Zuordnung abgeschlossen."

Eine neue Runde Hiebe begann, diesmal setzte er sie so, dass sie meine Oberschenkel trafen. Als er sie auseinander drückte, landeten die Schläge auf der empfindlichen Haut, und ich konnte die Tränen nicht länger zurückhalten.

„Ich unterzog mich einer ähnlichen Prozedur. Du bist genau das, was ich will, weil mein Unterbewusstsein das so sagte. So wie ich genau das bin, was du willst."

Während ich schluchzte, dachte ich über seine Worte nach. Mein Unterbewusstsein hatte ihn gewählt. Ich hatte bis zu diesem Moment nicht bedacht, dass seines im Gegenzug mich gewählt hatte. Das perfekte Gegenstück. Alles, was er an einer Liebhaberin und Partnerin schätzte und begehrte. Der Gedanke, dass ich körperlich perfekt war in seinen Augen, so wie er es in meinen war? Ich tat mir schwer, das zu erfassen. Wie konnte ich perfekt sein, wenn er mich immer wieder züchtigen musste?

Langsam und sanft hob er mich hoch und stellte mich vor sich. Mit seinen

Daumen wischte er die Tränen von meinen Wangen. Als meine Augen wieder klar sehen konnten, erkannte ich Zärtlichkeit in seinen dunklen Augen. „Genug geredet. Du warst ein braves Mädchen und hast deine Strafe gut angenommen. Es ist Zeit, meine Partnerin zu ficken."

6

Er zog mich vorwärts und hob mich auf seinen Schoß, so dass meine Knie sich über seine Schenkel spreizten und dafür gesorgt war, dass mein schmerzender Hintern keine Stöße abbekam.

Selbst durch seine Kleidung hindurch strahlte sein Körper Wärme aus. So nahe war ich ihm zuvor noch nicht gewesen. Sicher, er war tief in mir gewesen, aber ich hatte ihn da nicht sehen können, nicht in seine dunklen Augen blicken, das Verlangen darin sehen. Er gab mir die

Gelegenheit, ihn eingehend zu betrachten. Aus dieser Nähe konnte ich sehen, dass seine Nase leicht schief war, als wäre sie irgendwann einmal gebrochen gewesen. Mit dem seltsamen medizinischen Gerät, mit dem die Hand der verletzten Frau behandelt worden war, sollte es leicht möglich gewesen sein, dies perfekt zu berichtigen. Stattdessen sah er *nicht perfekt* aus. Er hatte volle Lippen, und ich fragte mich, wie sie sich wohl auf meinen anfühlen würden.

Ich bezweifelte, dass er ein sanfter Küsser war, sondern mit seinem Mund ebenso dominant wie mit allem anderen. Während ich mir weiter vorstellte, dass er mich küsste, stöhnte er aus den Tiefen seiner Kehle auf.

„Dieser Blick, *Gara*. Er ist mein Verderben."

Mein Blick traf seinem. Zwischen meinen geöffneten Beinen spürte ich seinen Schwanz, ein steifes Glied, das sich gegen meine Pussy presste. Wenn seine Hosen nicht im Weg wären, würde er seine Hüften nur ein wenig verlagern müssen, und schon wäre er tief in mir.

„Kennt ihr hier... Küsse?" Er hatte mich noch nicht geküsst, kein einziges Mal. Er hatte mich gefickt, zum Schreien gebracht, mich verprügelt, meinen Körper mit seinen Händen erforscht. Aber ein Kuss? Ich wollte wissen, wie er schmeckte.

Seine dunkle Augenbraue hob sich, und sein Mundwinkel zog sich nach oben. Ein Grübchen formte sich in seiner Wange, beinahe verborgen in den dunklen Bartstoppeln. Gott, er war so gutaussehend und er gehörte mir. Ich hätte nicht erregter sein können, wenn ich es versuchte. Seinen Hosen mussten völlig durchnässt sein, denn meine Pussy tropfte auf sie hinunter. Konnte er die Hitze von meinem Po auf seinen Schenkeln spüren?

Ich wusste kaum etwas über Tark, und er wusste nichts über mich, und was er wusste, war eine Lüge. Aber im Wesentlichen brauchten wir nichts anderes zu sein als Fremde, denn ich wollte ihn mit einer Heftigkeit, die ich nie zuvor gekannt, gefühlt hatte. Ich war wie die Drogensüchtigen, die ins Krankenhaus kamen, ausgebrannt und verzweifelt auf der Suche nach dem nächsten Schuss. Mein Körper war hungrig nach seinem. Ich wollte einen nächsten Schuss der Lust, die nur er mir bereiten konnte. Sein Geruch war beinahe folternd, das Gefühl seiner strammen Muskeln, die Art, wie er mich ansah. Ich konnte die Gültigkeit dieser Zuweisung nicht anzweifeln. Die Übereinstimmung war echt. Diese Anziehung war echt.

Aber ich würde hier nicht bleiben. Wenn es an der Zeit war, auszusagen, würde ich auf die Erde zurückkehren, und er würde unzählige Lichtjahre entfernt sein. Ich würde in eine Welt zurückkehren, wo es niemanden für mich gab. Niemanden, der so *richtig* war wie Tark.

Ich hatte etwa drei Monate Zeit. Aber auch wenn ich weggehen würde, hieß das nicht, dass ich nicht alles annehmen konnte, was Tark zu bieten hatte—selbst, wenn dies Bestrafung bedeutete.

„Küssen?", fragte Tark. Er runzelte kurz die Stirn. „Natürlich. Kennt ihr das nicht?"

Ich blickte zur Seite, dann wieder auf ihn. „Doch, aber du hast mich noch nie geküsst, also war ich mir nicht sicher."

Er seufzte. „Wie gesagt, wir sind für die Ratssitzungen auf Außenposten Neun, was in krassem Konflikt zu meinem Begehren steht, bei dir zu sein. Ich habe nicht die Freiheit, mich deiner Lust zu widmen, deinen Körper kennenzulernen. Das werde ich tun, sobald wir wieder im Palast sind. Denkst du, ich bevorzuge es, mit einem Haufen mürrischer und äußerst meinungsstarker Männer zusammenzusitzen, wenn ich so wie jetzt mit dir zusammen sein könnte?"

Seine Hände legten sich an meine Hüften und streichelten sie. Die Bewegung schob meinen Kitzler an seinen Schwanz heran, und ich stöhnte. Das Feuer dieser Situation war intensiv.

„Mir gefallen diese Laute, die du von dir gibst, immer mehr", raunte er.

Seine Augen waren auf meinen Mund gerichtet, und ich leckte mir über die Lippen.

Er packte fester zu, als er diese unschuldige Geste sah. Es gefiel ihm. Ich tat es noch einmal, und er stöhnte.

„Du bist ein böses Mädchen."

Bevor ich eine Antwort hervorbrachte, beugte er sich vor und eroberte meinen Mund. Für einen so großen Mann, so kräftig und von Natur aus so dominant, war der Kuss sanft und zärtlich. Ein paar Sekunden lang, dann änderte sich das. Es wurde heftig und unbändig, seine Lippen fielen über meine her und seine Zunge tauchte tief ein, während ich überrascht aufstöhnte. Er schmeckte nach Wein und einem dekadenten, dunklen Mann.

Küssen konnte er, und wie! Es war, wie ein Feuer mit Benzin zu entfachen, eine sofortige Explosion. Grell und heiß und von brennender Intensität. Ich war schon öfter geküsst worden, aber niemals so. Ich war schon öfter berührt worden, aber Tarks Hände waren so groß, dass ich mich eingeschlossen fühlte, besessen, erobert. Und noch berührte er mich nur mit seinem Mund und seinen Händen. Wie würde es erst sein, wenn sein Schwanz nicht von seinen Hosen zurückgehalten wurde, sondern mich weit dehnte, mich erfüllte?

Ich fasste hoch und legte meine Hände an seinen Kopf, aus Angst, dass er verschwinden könnte, wenn ich ihn nicht irgendwie festhielt. Wie er sich anfühlte, war wie ein Traum. Diesmal war ich aber wach.

„Ich bin nicht... ich bin kein böses Mädchen", stöhnte ich, dann ließ ich ihn wieder über meine Lippen herfallen.

Eine undefinierbare Weile später zog er den Kopf zurück und blickte mich an, die Augen halb geschlossen und dunkel wie die Nacht. Seine Lippen glänzten von meinen Küssen, und er war ebenso außer Atem wie ich. Das mächtige Gefühl durchschoss mich, dass ich ihn so... triebhaft machen konnte.

„Mord." Er sprach nur dieses eine Wort, aber es reichte aus, um mich daran zu erinnern, dass ich in seinen Augen ein *überaus* böses Mädchen war.

„Aber—" Ich wollte ihm die Wahrheit sagen, dass es eine Lüge war, aber er legte seine Finger auf meine Lippen.

„Schönheit. Ein feuriger Geist. Die absolut perfekte Pussy. Stöhnen der Lust. Du setzt deine Kräfte gut ein."

Bei diesen Worten musste ich lächeln.

„Meine Macht, *Gara*, ist über deine Lust. Du darfst nicht kommen, bis ich es befehle."

Das sollte kein großes Problem sein, da ich für einen Mann nicht kommen konnte. Nun, zumindest konnte ich vor ihm nicht für einen Mann kommen.

„Tark—"

„Meister." Seine Hand hob die Kette höher, die zwischen uns baumelte, wickelte sie um seine Finger, um sie kürzer zu machen und mich näher an ihn zu zwingen, bis unsere Lippen aufeinandertrafen. „Du wirst mich Meister nennen, denn obwohl deine Macht meinen Schwanz so groß und hart wie ein *Trundelhorn* gemacht hat, wirst du tun, was ich sage, wenn es ums Ficken geht."

Seine Worte waren zwar von Lust gespickt, aber sie enthielten auch einen Hauch von Beherrschung.

„Ich bin der Einzige, der dir deine Lust geben kann, richtig?", fragte er.

Er zog sanft an der Kette, und ich atmete zischend aus, als der Lustschmerz direkt in meinen Kitzler einfuhr. Wie konnte er wissen, dass mir das gefallen würde?

„Ja... Meister."

Seine Augen wurden groß, als das Wort über meine Lippen kam. Ihn Meister zu nennen, war nicht so schlimm gewesen, wie ich es erwartet hatte. Ich war Ärztin. Ich war eine unabhängige Frau, die in keinem Mann ihren Meister hatte. Aber wenn ich es zu Tark sagte, war das etwas Anderes. Er war wahrlich der Meister meines Körpers, und damit war ich fürs Erste zufrieden.

„Ah, vielleicht bist du ja doch ein gutes Mädchen. Wir werden sehen. Kein Kommen, *Gara*. Nicht, bis ich es befehle."

Nach einem letzten Zupfen ließ er die

Kette los und griff zwischen uns, um über meine Pussy zu streicheln.

„So heiß, so nass. Leg die Hände hinter deinen Kopf. Ja, genau so. Und nun lass sie dort."

Ich verschränkte die Finger in meinem Nacken, meine Ellbogen standen seitlich ab. In dieser Stellung waren auch meine Brüste nach vorne gestreckt. Er schien mich gern zu fesseln, aber mit mir hier auf seinem Schoß gab es nichts, mit dem er mich festbinden konnte. Mich in diese Stellung zu zwingen war wie unsichtbare Fesseln, und bei dem Gedanken zog sich mein Innerstes zusammen. Ich konnte nichts tun als Tark zu gehorchen.

Er spielte eine Weile mit mir, seine Finger glitten über meine Furchen, tauchten in mich und streichelten—oh Gott!—meinen G-Punkt. Er verweilte nicht, sondern umkreiste dann gleich meinen Kitzler, folterte mich damit, dass er ihn nie direkt berührte, sondern mich nur immer höher trieb, bis ich kurz davor war, zu kommen, woraufhin er seine Hand wieder fortzog. Dies tat er wieder und wieder. Ich drückte meine Hüften in seine Hand, aber jedes Mal, wenn ich das tat, hörte er auf. Dann begann er von vorne. Ich stöhnte und hielt still, aber nur kurz, bevor ich mich nicht mehr zurückhalten konnte. Meine Finger rutschten auseinander, aber er brauchte nur die Augenbraue hochzuziehen, und ich umfasste wieder meinen Nacken. Es war ein Zyklus perfekter Folter, und der Ausdruck auf Tarks Gesicht—selbstgefällige Zufriedenheit—verriet mir, dass seine Dominanz komplett war.

Jede Zelle in meinem Körper schrie nach Erlösung, und dies nur von seinen geschickten Händen. Wenn er mich erst auch noch ficken würde, würde ich gewiss sterben.

„Meister, bitte", flehte ich. Meine Haut

war schweißnass, meine Kehle trocken, meine Nippel harte kleine Knospen, und mein Kitzler pochte. Jeder Teil meiner Pussy schmerzte vor Begierde nach Tarks Schwanz.

Er legte seine Hände wieder an meine Hüften und raunte: „Nimm meinen Schwanz heraus."

Ich senkte die Hände und tat begierig, was er verlangte, in seinem Schoß nach hinten rutschend, damit ich zwischen uns reichen und seine Hosen öffnen konnte. Trugen alle Männer auf Trion keine Unterwäsche, oder war das nur er? Sein Schwanz sprang frei, groß und aufrecht und die Spitze feucht vor Lust. Meine Augen weiteten sich beim Anblick seiner Größe.

Obwohl ich seinen Schwanz gespürt hatte, als er mich am Vortag gefickt hatte, hatte ich ihn noch nicht gesehen. So einen großen Schwanz hatte ich noch nie gesehen. Er stand dick und von dunkler, rötlicher Farbe aus einem Nest von Haaren hervor. Pralle Adern traten am Schaft entlang hervor. Eine breite, gefächerte Krone stand an seiner Spitze. Und *das* hatte in mich hinein gepasst?

Ich packte ihn fest am Schaft—meine Hand konnte sich nicht einmal darum schließen—und glitt an ihm entlang nach oben, wo ich mit meinem Daumen das sichtbare Anzeichen seiner Begierde davonwischte. Ich leckte mir die Lippen und fragte mich, wie er wohl schmeckte. Salzig? Männlich? Bestimmt pure, unverfälschte Männlichkeit.

„Sieh mich nur weiter so an, und ich komme in deinem Mund, nicht in deiner Pussy." Seine Stimme war tief und roh, als wäre seine Selbstbeherrschung kaum gezügelt. „Nimm mich in dir auf."

Seine Hände hoben mich hoch, bis ich über ihm schwebte, und brachten mich genau dorthin, wo er mich wollte. Ich hielt seinen Schwanz weiter fest und senkte mich so herab, dass seine Spitze gegen meine Pussy drückte. Als ich mich weiter herab senkte, dehnte er mich langsam immer weiter, füllte mich mehr und mehr.

Ich legte meine Hände zur Balance auf seine Schultern und hielt mich an ihm fest, sobald ich vollständig auf ihm saß. Ich hatte ihn gänzlich in mir aufgenommen, der Fächer seines Kopfes stupste an den Eingang zu meinem Uterus. Ich fühlte mich ausgefüllt, gedehnt, und vollständig erobert. Die Hitze und das Stechen auf meinem Po unterstrichen das nur.

Ich seufzte, schwelgte in der Empfindung, denn ich fühlte mich... vollständig. Meine Pussy zog sich um ihn herum zusammen, und kleine Wellen der Lust durchzogen mich. Die Kugeln, die er in mich gesteckt hatte, machten mich nur noch empfindlicher, ließen mich noch stärker spüren, wo er mich schon überall gestreichelt hatte.

Tarks Augen fielen zu, und seine Zähne knirschten. „*Fark*", zischte er, bevor er meine Hüften packte und damit begann, mich zu heben und zu senken.

Ich versuchte, mich zurechtzurücken, meinen Kitzler bei jedem Senken an ihm zu reiben, aber er hielt mich zu fest. Ich konnte nichts tun als zu fühlen, während er mir beim Senken seine Hüften entgegen hob.

Meine Brüste wippten und bewegten die Kette. Meine Nippel kribbelten und waren hart, und das Gewicht daran fügte sich zu den Empfindungen hinzu, die durch meine Adern flossen, aber es reichte nicht aus, um mich zum Kommen zu bringen. Wie wusste dieser Mann so genau, wie er mich so nahe an den Gipfel bringen konnte, ohne mich ihn erreichen zu lassen? Es war noch nie so intensiv gewesen. Unsere Haut war glitschig vom Schweiß, unser Atem stockend und rau. Klatschende Sex-Geräusche erfüllten den Raum, und ich konnte hören, wie ich vor Lust aufschrie, die durch den schmerzenden Kontrapunkt meines wunden Pos, der über seine Schenkel rieb, nur noch verstärkt wurde. Der Rest des Außenpostens lag gerade hinter den dünnen Wänden und konnte zweifellos hören—und wissen—was wir anstellten. Es war mir egal. Das einzige, was zählte, war, dass ich mit Tark zusammen war und ihn meinen Körper beherrschen ließ. Kein Wunder, dass ich noch für keinen anderen Mann gekommen war.

„Wir werden gemeinsam kommen, *Gara*", knurrte er, und ich könnte schwören, dass er in mir sogar noch größer wurde.

Er fasste zwischen uns und schnippte gegen meinen Kitzler, und sein dunkler Blick ließ nicht von meinem ab.

Ich konnte die Augen nicht

offenhalten, aber seine Stimme erreichte mich. „Nein, sieh mich an. Ich will dein Gesicht sehen, wenn du kommst, wenn du meinen Samen aufnimmst."

Meine inneren Wände zogen sich bei seinen Worten zusammen, und ich kam. Meine Augen wurden groß, beinahe überrascht darüber, dass ich so empfinden konnte, dass dieser Mann mir das geben konnte. Ein Aufschrei entkam meinen Lippen. Ich konnte es nicht zurückhalten. Ich konnte gar nichts zurückhalten. Ich bäumte mich auf und presste mich auf seine Schenkel hinunter, ritt die Lustwelle, und sah zu, wie Tark sein Kiefer anspannte. Seine Wangen wurden rot, und er knurrte. Die Sehnen in seinem Hals traten hervor, und ich spürte, wie sein Schwanz pulsierte und sein Samen mich füllte. Ich wusste, dass meine Pussy wie eine Faust um ihn geballt war und den Samen nahezu aus seinem Körper saugte, als würde sie ihn brauchen, begehren.

Erschöpft sackte ich zusammen und lehnte meinen Kopf an Tarks Schulter. Unsere Oberkörper lehnten sich aneinander. Meine Pussy zuckte und pulsierte weiter in kleinen Nachbeben, und ich hatte kein Bedürfnis danach, mich zu bewegen. Demnach, wie Tark seine große Hand über meinen nassen Rücken auf und nieder streichelte, ging es ihm ebenso.

Ich wusste nicht, wie lange wir so verweilten, aber Tark erhob sich schließlich, hielt sich fest in meinem Inneren vergraben und ging durchs Zelt, wo er mich aufs Bett niederlegte und über mir ragte. Er stützte sein Gewicht auf seinem Unterarm ab. Eine dicke Haarsträhne fiel ihm in die Stirn, und ich strich sie zur Seite, obwohl sie gleich wieder zurückfiel.

„Evelyn Day, du bereitest mir Freude."

„Eva", antwortete ich.

Er runzelte die Stirn.

„Ich höre auf Eva." Es war mir wichtig, dass er meinen echten Namen verwendete, nicht den falschen, der mir von der Staatsanwaltschaft für meine Geheimidentität verliehen worden war. Das war nicht ich. Nichts an Evelyn Day, der Mörderin, war ich.

„Eva", sprach er mir nach, als würde er den Namen anprobieren. „Was war deine Aufgabe, auf der Erde?"

Er runzelte die Stirn noch tiefer. „Warum verdrehst du die Augen?"

„Du willst wirklich eine solche Unterhaltung haben?" Tark lag auf mir, bis zum Anschlag in mir vergraben, mich wie eine Heizdecke bedeckend. Sein Gesicht war nur Zentimeter von meinem entfernt, wo es schwebte und mich so intensiv anblickte, dass mir die Konzentration schwerfiel. Ich hatte mich noch nie so verschlungen gefühlt. So behütet. So intim verbunden mit einer anderen Person.

Er strich mit seiner Hand über mein Haar, und ich widerstand dem Drang, mein Gesicht in seiner starken, warmen Hand zu vergraben. „Was, wo mein Schwanz noch in dir ist?"

Ich nickte in die weiche Matratze hinein.

Er grinste, und mein Herz schmolz ein kleines Bisschen. „Nichts wird sich zwischen uns stellen, *Gara*. Außerdem will ich dafür sorgen, dass mein Samen in dir bleibt und Wurzeln fasst."

„Du... du willst ein Baby?" Die Männer, die ich kannte, waren überhaupt nicht an Babys interessiert. „Ich habe ein Implantat zum Empfängnisschutz."

Er schüttelte den Kopf. „Das wurde im Zuge deiner Abfertigung entfernt. Weißt du noch, die Sonde?" Wie könnte ich sie vergessen? „Sie bestätigte, dass du fruchtbar bist und zur Zucht fähig. Ist ein Kind gegen deine Wünsche?"

Ich zuckte die Schultern und blickte auf das feine, federnde Haar auf seiner Brust, fuhr mit den Fingern hindurch. Es war seidig glatt, und ich konnte seinen Herzschlag unter meinen Fingerspitzen fühlen.

„Ist es nicht, aber auf der Erde hatte ich keinen Mann. Ich nahm an, dass ich eines Tages Kinder haben würde. Du hattest länger Zeit, dir darüber Gedanken zu machen", fügte ich hinzu.

„Das habe ich. Es wird von mir verlangt, dass ich einen Erben hervorbringe."

Ich erstarrte unter ihm, nicht darüber erfreut, nur als Zuchtbecken für seine Nachkommenschaft zu dienen.

„Ärgere dich nicht, Eva. Ich wünsche mir auch ein Kind, ein kleines Mädchen, das genau wie du aussieht, mit roten Haar. Vielleicht ein bisschen weniger

Kampfgeist, denn wenn sie auch nur ansatzweise wie ihre Mutter ist, wird sie mein Untergang."

Ich grinste ihn an bei dieser spielerischen Stichelei. Ich musste zugeben, dass mich seine Worte erfreuten.

„Brauchst du nicht einen Jungen, um die Generation fortzuführen, oder so?"

Er schüttelte den Kopf, während er mit einem Finger über meine Schultern strich und zusah, wie er Gänsehaut hervorrief. Ich konnte sie am ganzen Körper spüren.

„Nein. Es hat keinen Belang."

Sein Nippel war eine flache Scheibe, eine Spur dunkler als der Rest seiner Haut, und ich bedeckte ihn mit meiner Hand. Er legte seine Hand über meine, und mein Blick hob sich zu seinem.

„Was... was war die Frage?" Ich war abgelenkt gewesen.

„Was hast du auf der Erde gemacht? Gewiss war Mord nicht dein Beruf."

Ich erstarrte wieder unter ihm, und meine Knie pressten sich in seine Hüften.

„Ich war... ich bin Ärztin."

Eine dunkle Augenbraue hob sich hoch. „Wie Bron?"

„Ich kenne sein Spezialgebiet nicht, aber ich glaube schon. Ich habe Notfallmedizin praktiziert."

„Beeindruckend", sagte er.

„Soweit ich gesehen habe, ist Trion wohl weiter fortgeschritten als die Erde. Ihr scheint eine Reihe sehr nützlicher Werkzeuge zu haben."

„Ah, du meinst die Sonde?"

Ich schluckte bei der Erinnerung an die Gefühle, die das Dildogerät mir bereitet hatte. „Ich versichere dir, dass wir nichts dergleichen auf der Erde haben. Wenn wir das hätten, wäre die Notaufnahme völlig überrannt."

Tark grinste.

Er schien darauf zu bestehen, eine Unterhaltung zu führen, ohne seinen

Schwanz aus mir heraus zu ziehen. „Bist du als Oberster Ratsherr geboren oder dazu gewählt worden?"

„Die Stellung ging beim Tod meines Vaters an mich über. Ich werde die Rolle an mein erstes Kind weitergeben."

„Also eine Monarchie."

„Ja. Monarchie." Er probierte das Wort aus. „Wie ich schon sagte, gibt es andere, die mich stürzen wollen und auf andere Weise regieren. Viele sind gröbere Sitten gewöhnt und wünschen, dass diese in allen Regionen eingeführt werden. Ich habe eine... flexiblere Herangehensweise, von der ich hoffe, dass sie eine Vielfalt an Bräuchen auf dem ganzen Planeten ermöglichen kann."

Er war nicht nur ein umwerfender Liebhaber, sondern auch ein Anführer und Diplomat.

„Eine Mörderin zur Partnerin zu haben, hilft dir dabei wohl nicht weiter."

Bestimmt war er Leuten begegnet, denen

meine falsche Vergangenheit missfallen würde.

Er gab einen unbestimmten Laut von sich, während er nach unten fasste und die Hand an der Kette zwischen meinen Brüsten entlang gleiten ließ.

„Hast du vor, mich zu ermorden?" Seine Augen folgten seinen Fingern.

„Nein." Ich schnappte nach Luft, als er sanft an der Kette zog und erst an einem Nippelring zupfte, dann am anderen. „Willst du gar nicht wissen, was ich getan habe?"

„Du wirst es mir erzählen, wenn du soweit bist. Bis dahin", er verlagerte seine Hüften ein kleines Bisschen, und ich spürte, wie er sich in mir bewegte. Sein Samen machte ihm die Bewegung leichter. „Noch einmal", raunte er und bewegte die Hüften.

Meine Augen wurden groß, als ich spürte, wie hart er war—war er inzwischen überhaupt schlaff geworden?

—und wie viel Begehren auch ich verspürte.

Sein Samen glitt um seine Bewegungen herum aus mir heraus und tropfte meine Beine hinunter auf die Decke unter mir.

„Meister", flüsterte ich, als er sich noch ein wenig mehr herauszog und dann wieder in mich glitt. Er war größer als die Sonde, die er mir eingesetzt hatte. Heißer. Er war geschickter damit, seinen Schwanz einzusetzen, und mein Körper reagierte darauf.

Er grinste, sichtlich erfreut über dieses eine Wort, und brachte uns beide noch einmal an den Gipfel.

7

Zwei weitere Tage vergingen. Mein mit Sitzungen gefüllter Zeitplan zwang mich dazu, Eva in den Harem zu schicken, damit ihre Sicherheit gewährleistet war. Sie war nicht nur wunderschön, sondern auch eine vernünftige Frau, die einsah, warum ich sie nicht bei mir behalten konnte. Ein paar Hiebe auf den Hintern hatten bei dieser Einsicht gewiss geholfen. Und so bekam ich keine weiteren Haarbürsten an den Kopf geworfen.

Es war nicht Eva, die sich beschwerte,

sondern die anderen Ratsherren. Ich saß auf meinem üblichen Platz über den anderen und hörte mir ihre Beschwerden an.

„Wir haben der Erstbesteigung nicht beiwohnen können, und wir haben sie noch nicht zu Gesicht bekommen. Nur die Partnerinnen im Harem können bestätigen, dass sie existiert." Ratsherr Bertok war eine hartnäckige Belästigung.

„Ratsherr Tark ist nicht zu Hause. Bestimmt können Sie seinen Wunsch verstehen, seine Partnerin ausreichend zu schützen", entgegnete Roark.

„Vor wem?", fragte der alte Mann. „Sie ist doch die Mörderin. Wir sind es, die darüber besorgt sein sollten, dass sie einer der anderen Frauen im Harem Leid zufügt." Er hob die Arme, um auf die anderen zu deuten. „Machen Sie sich keine Sorgen um Ihre Partnerinnen? Die Wachen beschützen die Frauen vor

Gefahren *von Außen*, aber vielleicht liegt die wahre Gefahr im *Inneren.*"

„Das reicht", sagte ich.

Alle Köpfe wirbelten zu mir herum.

„Goran, bring meine Partnerin zu mir."

Mein zweiter Befehlshaber nickte knapp und verließ das Zelt.

Das Gespräch widmete sich wieder dem aktuellen Punkt auf der Tagesordnung, bis Goran zurückkehrte. Er hielt die Zeltklappe offen, und Eva trat ein. Ich erhob mich, gefolgt von den anderen. Ich streckte ihr die Hand entgegen, und sie trat an meine Seite. Sie war reizend, jeder Mann im Raum hatte nur Augen für sie. Zum Glück trug sie ihr schlichtes Unterkleid und einen Morgenmantel darüber, der lange genug war, um ihre Knöchel zu umspielen. Er hatte keine Knöpfe oder sonstigen Verschluss, aber Eva hielt die beiden Seitenteile vor ihrer Brust geschlossen.

Ich schenkte ihr ein Lächeln—ich konnte ihr nicht mehr geben, denn wenn die Ratsherren über meine tiefe Zuneigung zu ihr Bescheid wussten, könnte dies eine Gefahr darstellen. Wir beide standen unter Beobachtung.

Ich lehnte mich zu ihr und murmelte ihr ins Ohr: „Manche dieser Männer sind formeller und strenger in ihren Bräuchen als andere. Bitte ordne dich mir unter."

Obwohl ich in ihren hellen Augen Verwirrung sehen konnte, nickte sie und blieb stumm. Ich hoffte ihretwillen, dass sie mich nicht hinterfragen würde. Ich wünschte nicht, sie öffentlich übers Knie legen zu müssen.

„Das hier ist Evelyn Day, meine Partnerin."

Die Männer starrten gesammelt auf die Frau, die mir zugewiesen worden war.

„Wie Sie sehen können, ist sie zu klein, um eine Gefahr darzustellen."

Ich sah aus dem Augenwinkel, wie sie mich anblickte.

„Sie könnte eine Waffe verbergen", sagte Ratsherr Bertok und beäugte sie abfällig.

Ich schob die Schultern zurück. „Sie misstrauen meiner Partnerin?"

„Haben *Sie* das notwendige Misstrauen an Ihrer Partnerin gezeigt? Sie hat auf ihrer Welt ein abscheuliches Verbrechen begangen. Die einzige Bestrafung, die sie dafür erhalten hat, war der Transport hierher. Trion ist doch bestimmt eine fortschrittlichere und bessere Welt als die Erde. Inwiefern ist es als Bestrafung ausreichend, hierher zu kommen?"

Ratsherr Bertok gehörte in den Ruhestand, denn seine Wege waren geradezu archaisch. Leider war nicht er es, der den Diplomaten spielen musste, sondern ich. Seine Worte waren außerdem wahr. Ich hatte Eva noch nicht über die Einzelheiten ihrer Taten befragt. Kaltblütiger Mord war auf Trion ein schweres Vergehen. War das auch auf der Erde so? Was *genau* hatte sie getan? Ich würde sie fragen, allerdings privat. Später.

„Evelyn Days Verbrechen und Bestrafung lagen in der Verantwortung ihrer Heimatwelt, nicht unserer. Sie ist hier als meine Partnerin, nichts weiter. Sollte sie bestraft werden, dann für ein Vergehen hier auf Trion, und ich werde mich als ihr Partner darum kümmern."

Der alte Mann erhob sich. „Ich werde hier nicht verweilen, solange sie frei ist."

„Was erwarten Sie von mir, Ratsherr Bertok, dass ich meine Partnerin einsperre? Die Frau, die mir vom Interstellaren Bräute-Programm geschickt worden ist? Würden Sie einem Abkommen den Rücken kehren, das für die Sicherheit von ganz Trion und hunderten anderen Welten sorgt, nur, weil Sie sich vor einer Frau fürchten? Sie waren es doch, der sie zu Gesicht bekommen wollte."

„Sie sollte in Ketten gehalten werden, damit unsere Frauen sicher sind. Wenn nicht, sollten wir alle von hier fortgehen."

Zwei weitere Ratsherren erhoben sich und nickten zustimmend.

Ich konnte nicht zulassen, dass die Männer gingen. Ich brauchte ihre Anwesenheit, um die Sitzungen abzuschließen, denn ich wollte nicht vor Ablauf eines Jahres auf Außenposten Neun zurückkehren müssen. Und doch weigerte ich mich, meine Partnerin nur zum Vergnügen dieser Männer in Ketten zu sehen. Disziplin war gefordert—wenn notwendig—aber ich würde Eva nicht nur wegen der Launen eines Mannes bestrafen. Ich würde Eva bestrafen, wenn die Umstände es erforderten; sie übers Knie legen, bis sie sich meiner Hand fügte, aber nicht jetzt, nicht, wenn sie nichts getan hatte, um es zu verdienen.

Der Mann benutzte meine Partnerin, um seine Macht gegen mich auszuspielen, und das war inakzeptabel. Er wusste, dass ich seiner Forderung nachkommen musste. Insgeheim wollte ich ihm den Kopf abreißen und auf einen Pfahl spießen, aber ich blieb ruhig und rief nach Goran.

„Bring mir einen der Beleuchtungsstäbe."

Goran wunderte sich wahrscheinlich über meine Bitte, aber er schwieg und tat wie aufgetragen.

Ich wandte mich an Eva und sagte: „Knie nieder."

Sie kniff die Augen zusammen, aber gehorchte. Sie blickte durch ihre Wimpern hindurch zu mir hoch, und der Anblick weckte in mir animalische Bilder davon, wie sie in genau dieser Position meinen Schwanz lutschte. Zum Glück kehrte Goran zurück.

„Entferne das Licht", sagte ich zu ihm,

und er nahm den glühenden Teil an der Spitze ab. Ich nahm die Stange von ihm entgegen. „Vielen Dank."

Er nickte und zog sich zurück.

„Hebe die Kette unter deinem Kleid hoch", befahl ich Eva.

Sie blickte zuerst die Männer an, dann mich. Ich sah Feuer in ihren Augen und dachte einen Moment lang, dass sie sich widersetzen würde. Zum Glück schwieg sie und gehorchte erneut. Sie hob die Kette zwischen ihren Brüsten hoch und ließ sie an der Außenseite ihres Unterkleides herunterhängen. Vielleicht, und das hoffte ich, kam ihre rasche Reaktion von einem wachsenden Vertrauen zwischen uns. Ich hatte mehr als einmal gesagt, dass ich sie niemals verletzen würde, und hatte das dadurch bewiesen, dass ich sie immer nur zur Lust berührt hatte. Ihr den Hintern zu versohlen, nicht nur einmal, sondern zweimal, war zu Beginn schmerzhaft gewesen, aber ich erkannte an der Feuchtigkeit ihrer Pussy, dass es ihr gefiel. Vielleicht war es als Strafe für jemanden, der einen Hauch Schmerz so mochte, nicht besonders geeignet. Darüber musste ich nachdenken. Später.

Ich kniete nieder und fädelte vorsichtig das untere Ende der Stange durch die Lücke zwischen der Kette und ihrem Körper, und bohrte sie in den Boden, sah zu, wie sie versank und sich im Sand verankerte. Ich zerrte daran, um mich zu versichern, dass sie gut befestigt war.

Die Stange befand sich innerhalb des Kreises, den Kette und Körper bildeten. Eva würde nirgendwohin gehen, außer, sie beschloss, die lange Stange hinauf zu klettern, um ihre Kette freizubekommen. Ich bezweifelte, dass sie sich die Nippelringe vom Körper reißen wollte. Dieses Arrangement bedeutete, dass ihre Bewegung eingeschränkt, sie jedoch nicht gefesselt war. Sie war an meiner Seite—und züchtig bedeckt—wo ich sie haben wollte. Ich konnte sie mit Leichtigkeit befreien, falls uns Gefahr drohte. Ein rascher Ruck an der Stange, und sie wäre frei.

„Zufrieden?", fragte ich Ratsherren Bertok.

Er spitzte die Lippen, nickte aber und kehrte an seinen Platz zurück. Er konnte nichts mehr tun, und das war ihm bewusst. Ich hatte seine Anforderungen erfüllt, obwohl er wahrscheinlich erwartet hatte, dass ich sie nackt ausziehen und in Ketten legen würde. Der alte *Fark*.

Die Krise war abgewendet, und doch war dies auf Evas Kosten gegangen. Sie hielt während der gesamten restlichen Sitzung den Kopf gesenkt. Sie war ohne Zweifel beschämt und äußerst verärgert. Obwohl ich mich auf die Tagesordnung vor mir konzentrierte, überwachte ich Eva sorgfältig und beurteilte, ob sie es bequem genug hatte. Auch wenn ich Oberster Ratsherr war, war ich auch ihr Partner, und sie war meine höchste Priorität. Ich hatte mich dieser Rolle für den Rest meines Lebens verpflichtet. Es war an der Zeit, meine Pflicht gegenüber Eva zu erfüllen.

Als ich die Sitzung gerade zu Ende führte, kam einer der Wachhauptmänner ins Zelt. Sein verstörter Gesichtsausdruck und der Schweiß, der ihm von der Stirn tropfte, sagten mir, dass etwas passiert sein musste.

„Oberster Ratsherr, es gab einen Unfall. Es gibt mehrere Tote und einige Verletzte."

Es war möglich, dass mir diese Situation noch peinlicher gewesen war, als Goran zusah, wie Tark mich fickte. Doch da war ich durch die Erregung und letztlich

An einen Partner vergeben

durch einen unglaublichen Orgasmus abgelenkt. Gezwungen zu sein, auf der erhöhten Plattform neben Tark zu sitzen, nicht als ihm ebenbürtig, sondern eindeutig als sein... Weib, oder schlimmer, ein angekettetes Haustier, war mehr als nur demütigend. Obwohl er mich nicht tatsächlich angekettet hatte, mir Handschellen oder sonstige Fesseln angelegt hatte, wie dieser grauenvolle Bertok das verlangt hatte, war ich wahrlich gefangen. Die Kette, die an meinen Nippelringen befestigt war, hatte mich an die Stange gefesselt. Tark war rücksichtsvoll, und trotzdem saß ich fest. Ich schäumte vor Ärger darüber die ersten paar Minuten der Sitzung lang, aber dann erkannte ich, dass mein Partner nur seine Arbeit tat.

Auch auf Trion unterschieden sich die Bräuche je nach Region, und Tark musste diesen Unterschieden unter den Ratsherren entgegenkommen. Anstatt mich anzuketten, hatte er einen Weg gefunden, wie ich mich fügen konnte und gleichzeitig ein wenig meiner Würde bewahrte. Ich kannte Tarks Kraft und wusste, dass er die Stange genauso leicht wieder aus dem Sand ziehen konnte, wie er sie dort platziert hatte.

Es war der Blick in den Augen der Männer der mich dazu brachte, meinen Kopf gesenkt zu halten und mich erniedrigt zu fühlen, und nicht Tarks Verhalten. Ich wollte ihre geifernden Blicke nicht sehen, ihre Erregung, ihre Gier, und auch nicht die Neugier, die ich gesehen hatte, als ich das Zelt betrat. Ich wollte nur Tarks Blick auf mir spüren. Es gefiel mir, wenn seine Augen vor Feuer aufflammten. Es gefiel mir, wenn ich sah, dass er hungrig nach mir war, dass seine Neugier der gleichkam, die ich für ihn empfand. Mit Tark machte mir nichts davon etwas aus, denn ich hatte es in mir hervorgerufen und fühlte

An einen Partner vergeben

mich dabei mächtig, nicht wie eine Hure.

Hatte er das hier vermeiden wollen, indem er mich in Abgeschiedenheit von anderen hielt? Ich hasste das Gefühl, versteckt zu werden, von allen anderen ferngehalten zu werden. Ich war es nicht gewohnt, aber nun wusste ich, warum. Außenposten Neun war... ungemütlich, selbst für Tark. Er hatte seine persönlichen Überzeugungen, seine Bräuche und Meinungen für die anderen Ratsherren beiseite setzen müssen—das war nun dank Bertok und einigen seiner Gefolgsleute offensichtlich—und ich würde auch meine Kompromisse eingehen müssen. Ich war vorlaut gewesen, und er hatte mich gezüchtigt, um mir die Gesetze des Landes beizubringen. Ich hatte Glück, dass ich inzwischen gezüchtigt worden war, denn es hatte mich gelehrt, nun meinen Mund zu halten. Hätte ich das nicht getan, würde Tark bestimmt genötigt gewesen sein, mich vor dem gesamten Rat zu züchtigen. Seine Position nicht nur als mein Partner, sondern als Oberster Ratsherr, würde dies erfordern. Er hatte vom Palast gesprochen, von der Stadt, in der er lebte. Zum Glück war unser Aufenthalt in diesem Zeltlager nur vorübergehend.

Doch als die Wache hereinkam und von einem Unfall berichtete, wollte ich meinen Kopf nicht gesenkt halten oder versteckt bleiben. Ich wollte meine Arbeit tun.

Tark erhob sich sofort und riss die Stange aus dem Sand, was mich aus meiner Pseudo-Gefangenschaft befreite. Ich sprang auf die Füße. Tark packte mich am Arm und schob mich Goran entgegen.

„Bring sie in den Harem."

Als Goran nickte, sagte ich: „Nein! Ich kann vielleicht helfen."

Im Raum war das reinste Chaos

ausgebrochen. Alle redeten durcheinander, viele verließen das Zelt, von Wachen umringt.

„Du meinst deine medizinische Ausbildung?", fragte Tark. Seine Stimme war so leise, dass nur Goran und ich ihn hören konnten.

Ich nickte. „Außerdem wissen wir nicht, ob es nur ein Unfall war, oder eine Art Angriff."

Tark biss die Zähne zusammen und dachte nach. Er hatte noch nicht Nein gesagt. Ich wollte nicht in den Harem zurückgeschickt werden, Däumchen drehen und tatenlos die Welt an mir vorüberziehen lassen. Jemand könnte sterben, wenn ich nicht half, und das ging gegen meine innere Bestimmung.

„Bedenke, dass dies eine Ablenkung sein könnte, um alle vom Harem wegzulocken", fügte ich hinzu. „Du musst zugeben, dass es viele hier gibt, die mich nicht leiden können. Mir zu schaden heißt, dir zu schaden."

Tark gefielen meine Bemerkungen nicht, aber ich konnte sehen, dass er erkannte, dass sie mehr als plausibel waren.

„Bitte, Tark", flehte ich. „Ich habe mehr Wert für diesen Planeten. Für dich als Hohen Ratsherren, für dich als Partnerin. Ich bin mehr als nur als Zuchttier. Du hältst mich vielleicht für eine Mörderin, aber ich leiste wirklich gute Arbeit auf meinem Gebiet. Lass mich helfen."

Er überlegte einen weiteren Augenblick lang. „Also gut. Du wirst zu allen Zeiten an meiner Seite bleiben. Du musst gehorchen, Eva. Verstehst du das?"

„Das tue ich."

Mein Herz sprang mir in die Kehle, als mir klar wurde, dass er mich mitkommen lassen würde. Er vertraute mir, erlaubte mir, mehr zu sein als das, was normalerweise von einer Partnerin verlangt wurde. Ich konnte nicht untätig dasitzen und das wusste er. Tark wusste tief im Innern Dinge über mich, die andere Männer niemals sehen würden. Oder sie würden sich niemals die Zeit nehmen, diese Dinge zu entdecken.

„Zusätzliche Wachen. Sofort", befahl Tark den Männern vor dem Zelt. „Folgt uns."

Tark packte mich am Arm und folgte dem Mann, der die Sitzung unterbrochen hatte. Goran folgte mir dicht auf den Fersen. Wir bahnten uns einen Weg durch die Leute, die von der Nachricht aufgewühlt waren. Unterwegs konnte ich mehr von Außenposten Neun sehen als zuvor. Meine Annahme war richtig gewesen. Alle Männer waren groß. Es waren nur wenige Frauen unterwegs, alle in männlicher Begleitung. Ich blickte eine lange Zeltreihe hinunter und sah Stände am anderen Ende, die mich an einen Bazar oder einen Markt erinnerten. Rauch wehte, und der Geruch von kochendem Fleisch, Mandeln und fremden Gewürzen durchzog die Luft. Ich geriet beim Gehen außer Atem, und auf meiner Haut perlte der Schweiß. Die Sonne war intensiv, aber ich wollte meinen Blick nicht durch die Kapuze des Mantels verdecken.

„Was ist passiert?", fragte Tark die Wache.

Der Mann blickte ihn mit grimmigem Gesicht an.

„Davish und seine Truppe waren in Richtung Süden unterwegs, als sie überfallen wurden. Sie waren erst auf halbem Weg, als die Attacke stattfand. Die Überlebenden kehrten um, da sie wussten, dass ihre beste Chance auf Hilfe hier lag. Die Späher sahen sie zurückkehren und riefen nach Hilfe."

„Drover?", fragte Tark.

„Wahrscheinlich. Sie sind schon lange

geflohen, aber ein Geschwader wurde zur Jagd nach ihnen ausgeschickt."

Der Unterschied zwischen Tark als Liebhaber und als Oberster Ratsherr war beeindruckend. Wenn er mir gegenüber auch dominant und gebieterisch war, waren seine Berührung, seine Stimme, selbst die Stöße seines Schwanzes zwar zielgerichtet, aber zärtlich. Er machte mir nie Angst. Aber nun, wenn ich mir seine markanten Schultern ansah, mir seiner kraftvollen Ausstrahlung bewusst wurde, war er fast ein anderer Mensch. Er war in Verteidigungsposition, auf alles vorbereitet, was uns geschehen konnte.

Wir kamen zwischen zwei Zelten hervor, und die Landschaft breitete sich vor mir aus. Links und rechts war die äußere Umgrenzung des Außenpostens sichtbar, die aus einer langen Reihe identischer temporärer Gebäuden bestand. Es war eine weitläufige Stadt mitten im Nirgendwo, wenn die Aussicht mich nicht täuschte. Ich war einmal im Urlaub mit einer Studienkollegin in der Wüste im Südwesten der USA. Die Landschaft dort war trocken und dürr. Es gab keine Bäume, wie ich sie in dem Vorort in dem ich aufwuchs, gewohnt war. Der Himmel über Arizona war weit und blau, die Felsformationen orangerot. Das war die einzige Wüste, die ich kannte, das Einzige, womit ich die Landschaft hier vergleichen konnte. Aber die Wüste hier auf Trion war ansonsten völlig anders als alles, was ich zuvor gesehen hatte.

Der Sand war weiß wie mancher am Sand am Meer, ein endloser Ozean, der sich meilenweit in alle Richtungen erstreckte. Dürre violette, rote und braune Pflanzen durchzogen die weite Landschaft, und ein paar schroffe graue Felsformationen durchbrachen den Horizont. Was mich am meisten beeindruckte, das waren die zwei Monde, die ich am Himmel sehen konnte, einer weiß und der andere blutrot. Ich schirmte mit der Hand meine Augen ab und starrte sie an. Aber nicht lange.

Die Wache deutete nach rechts, wo eine kleine Gruppe von Menschen mit großen Tieren versammelt war. Ich dachte sofort, dass diese Tiere ähnlich wie Kamele sein mussten, da wir in der Wüste waren, aber sie sahen eher aus wie langhaarige Pferde. Männer hielten die Zügel der Tiere, die in einem schützenden Kreis um die Menschen herum aufgestellt waren, die am Boden lagen. Tark drängte sich in die Mitte des Kreises und zerrte mich hinter sich nach.

Ich zählte die Verletzten, und meine Ausbildung übernahm das Kommando. Das vertraute Adrenalin pumpte durch meine Adern. Acht Leute lagen am Boden, Männer wie Frauen. Manche schlugen um sich, sichtlich verletzt und unter Schmerzen, andere lagen still. Einer war offensichtlich tot, denn Hirngewebe trat aus einem Spalt in seinem Schädel hervor.

Einer der Männer sah uns näherkommen, erhob sich von seiner Position neben einer verletzten Frau und kam hastig auf uns zu.

„Oberster Ratsherr." Er nickte respektvoll. „Wir haben einen Toten, drei, die im Sterben liegen, und der Rest hat Verletzungen, die nicht lebensbedrohlich sind. Unglücklicherweise können unsere Sonden und Scanner einige der schweren Wunden nicht heilen."

„Etwas stimmt nicht. Sie blutet stark!"

Wir drehten uns in die Richtung, aus der der Ruf kam. Ein weiterer Mann kniete vor der verletzten Frau. „Es hat gerade erst angefangen, ich kann es nicht stillen. Der ReGen-Stab funktioniert nicht!" Er war in Panik, seine Augen weit aufgerissen, als er zusehen musste, wie das Blut aus der Wunde auf ihrem Oberschenkel heraus spritzte. Der Mann wedelte mit einem kleinen Gerät darüber hin und her, aber diesmal gab es kein blaues Leuchten, und ich sah keine Verbesserung.

„Das ist eine arterielle Blutung. Ich muss helfen."

Eine Hand auf meinem Arm hielt mich zurück.

Ich blickte zu Tark hoch. „Du kannst mich später züchtigen, wenn du möchtest, aber ich muss helfen. Und zwar jetzt gleich. Sie wird in einer Minute tot sein, wenn die Blutung nicht gestillt wird." Ich zerrte an seinem festen Griff.

„Die schweren Fälle können in die Med-Einheit gebracht werden", sagte Tark.

„Sie werden sterben, bevor wir dort ankommen, und wir haben keine Wiederbelebungs-Kapseln", entgegnete der Mann. Hatte er überhaupt jemals eine arterielle Blutung gesehen?

„*Fark*", flüsterte Tark.

Ich zerrte noch stärker an Tarks Griff, während ich zusah, wie das Blut in den Sand unter der verletzten Person sickerte. „Ich kann helfen, du Idiot von einem Partner. Ich bin eine verdammte Ärztin. Es ist mein *Job*, zu helfen."

„Du?", fragte ein anderer Mann verdutzt.

Entweder lockerte Tark seinen Griff, oder es gelang mir, mich loszureißen. Ich antwortete nicht auf die Bemerkung des Mannes, sondern sagte stattdessen: „Sie braucht sofort einen Druckverband." Ich ließ mich auf die Knie in den Sand fallen und untersuchte die Verletzung. Ich blickte nicht hoch, als ich ausrief: „Holt mir eine einfache kleine Zange, und Nadel und Faden."

Die drei Männer stutzten.

„Sofort!", schrie ich.

„Holt ihr, was sie verlangt", befahl Tark, und sie setzten sich in Bewegung.

Ich packte den langen Saum meines

Mantels und riss einen Streifen vom unteren Rand ab. Ich schob ihn unter das Bein der Frau, wickelte ihn über der klaffenden Wunde um ihren Oberschenkel zusammen, während das Blut herausschoss. Wie sie den Angriff überlebt hatte, konnte ich mir nicht vorstellen. Mein einziger Gedanke war, dass die Frau beim hastigen Abtransport noch weiter verletzt worden war. Ich riss an dem Stoffstreifen, machte einen festen Knoten oberhalb der Wunde um die Blutung zu stillen, und die Blutung ließ langsam nach.

„Ihre Oberschenkelschlagader ist verletzt worden. Der Transport hat es womöglich schlimmer gemacht, und die Ader ist aufgerissen." Es war nicht wichtig, wie es passiert war, es musste nur behoben werden. Ich war dankbar darüber, wie kurz das übliche Unterkleid war, das sie trug, dessen untere Hälfte voller Blut war. Der Mantel ähnelte meinem, aber er bedeckte sie nicht, sondern war stattdessen über den Boden unter ihr ausgebreitet.

Ich steckte meinen Finger in die klaffende Wunde und fand schon bald den Riss in der Ader. „Gebt mir die Zange." Ich blickte hoch, und Tark war über mir und schirmte meine Augen vor der Sonne ab. Er stand als dunkle Silhouette über mir, aber ich wusste, dass er es war. „Zange", wiederholte ich. „Irgendeine Art Klammer oder etwas, womit ich die Arterie geschlossen halten kann, während ich den Riss zunähe."

Bevor er sich bewegen konnte, kam der Mann von vorhin angelaufen und reichte mir etwas, das einer Zange ähnelte. „Damit sollte es gut funktionieren." Mit schlüpfrigen Fingern klemmte ich die Arterie ab. „Ich brauche jemanden, der sie festhält."

Tark kniete neben mir, sodass unsere

Schultern einander berührten, und hielt die Zange fest. „Halte sie geschlossen."

„Nadel und Faden?", fragte ich.

Beides erschien zu meiner Linken; der Faden war bereits eingefädelt und die Nadel einsatzbereit. Ich beugte mich vor und nähte sorgfältig und methodisch den kleinen Riss zu. Es brauchte nur wenige Stiche, aber diese kleine Naht machten den Unterschied zwischen Leben und Tod aus.

„Lass die Zange locker, aber nimm sie nicht ab. Du musst bereit sein, wieder zuzuklemmen, falls die Naht nicht hält."

Tark lockerte seinen Griff an der Klemme, und wir beobachteten gespannt, ob die Nähte hielten. Ich wusste, dass über uns Männer standen, aber ich war nicht an ihnen interessiert, nur daran, dass die Arterie hielt.

„Kann sie mit diesem... Stab-Ding in der Med-Einheit behandelt werden?", fragte ich, mit den Händen direkt über der Wunde, bereit, weitere Nähte zu setzen, falls notwendig.

„Ja, jetzt, wo die Blutung aufgehört hat."

Ich wusste nicht, wer sprach, aber er stand links von mir.

„Behandelt sie mit dem ReGen-Stab hier, bevor ihr sie bewegt. Heilt sie so weit wie möglich, damit die Naht sich nicht wieder öffnen kann. Erst, wenn die Ader selbst verheilt ist, könnt ihr den Druckverband abnehmen. Aber macht schnell, sonst verliert sie das Bein." Ich wedelte mit meiner blutigen Hand durch die Luft. „Heilt entweder die Ader, oder seid sehr, sehr vorsichtig, wenn ihr sie zu dem Kapsel-Ding bringt, das ihr vorhin erwähnt habt."

Mehrere Männer nahmen meinen Platz an der Seite der Patientin ein. Erst dann sah ich ihr Gesicht—als ich auf etwas anderes achten konnte, als auf die schwere Wunde—und erkannte Mara. Ich war über beide Unterarme mit ihrem Blut überzogen. Ich war froh, zu sehen, dass sie es schaffen würde. Sie war vielleicht eine komplette Zicke gewesen, aber das hieß nicht, dass sie den Tod verdient hätte.

Ich wandte mich von ihr ab, da sie stabil war und sich jemand um sie kümmerte. „Die Patienten haben eine Triage bekommen, wer ist als nächstes dran?" Ich blickte hoch und wartete auf Antwort. Als niemand reagierte, sah ich mir die anderen Verwundeten an. „Wer stirbt, wenn er nicht sofort behandelt wird?"

Eine Hand deutete hinter mich, ich wirbelte herum und kümmerte mich um den nächsten Patienten. Ich wusste nicht, wie lange ich arbeitete, aber es dauerte eine Weile, einen Mann zu stabilisieren, der eine punktierte Lunge hatte. Mit einem schlichten Stück einer plastikartigen Substanz, die an ein seltsames elektronisches Klemmbrett angeheftet war, konnte ich eine behelfsmäßige Versiegelung für die Wunde herstellen, was den Mann besser atmen ließ. Sobald er stabil war, wurde er in die Med-Einheit und zum ReGen-Stab gebracht. Ich wusste nicht, was eine Wiederbelebungskapsel war, aber es klang nach etwas, das ich gerne sehen würde.

Die restlichen Verletzten waren auf einfachen Tragen in die Med-Einheit gebracht worden. Ich schiente ein gebrochenes Bein, aber die Technik auf Trion konnte es besser heilen als ein Gips, den ich herstellen hätte können, was ich mitten in der Wüste ohnehin nicht konnte, so gut meine Künste auch waren.

Als der letzte Verwundete fort war, kam Tark zusammen mit ein paar anderen Männern auf mich zu. Was für einen Anblick ich wohl bot. Ich war bis zu den Ellbogen hinauf voll mit Blut, mein

Mantel war am Saum zerrissen und hing mir von den Schultern, und die Vorderseite meines Unterkleides war blutverschmiert. Ich war verschwitzt, und mein Haar klebte mir an der feuchten Stirn und im Nacken.

Ich war müde und hungrig, mir war heiß, und das Adrenalin war verflogen. Ich war daher nicht in der Stimmung, in den Harem gebracht, oder an einer Stange festgebunden zu werden, oder mir anzuhören, dass ich eine Mörderin war. Ich war in Verteidigungshaltung, als der Mann, der uns zuerst angesprochen hatte, das Wort ergriff.

„Ich bin Doktor Rohm. Das war ziemlich beeindruckend."

Ich hob überrascht meinen Kopf.

„Oberster Ratsherr Tark sagte mir, dass du auf der Erde Ärztin warst. Es war unglaublich, dir bei der Arbeit zuzusehen. Deine Kompetenz übertrifft bei weitem jeden Mediziner hier auf

Trion, und ich bin dankbar, dass du heute hier warst und helfen konntest. Ich fürchte, wir sind inzwischen zu sehr auf unsere Technologie angewiesen. Vielen Dank für deine Unterstützung heute."

Ich räusperte mich, denn meine Kehle war so trocken und ich hatte großen Durst. „Danke."

„Ich habe gehört, dass die ersten Verletzten inzwischen in der Med-Einheit völlig gesundet sind, und die anderen haben ihre Wiederbelebung fast abgeschlossen. Selbst die Frau mit der Beinwunde."

Ich musste darüber lächeln, zu erfahren, dass meine Fertigkeiten geholfen hatten, dass Leute dank mir am Leben waren.

„Das freut mich zu hören."

Der Mann beäugte mich neugierig, aber nicht wie die Männer im Rat.

„Ich würde mich gerne näher mit dir unterhalten, denn du kannst einigen von uns vielleicht etwas von deinem Können beibringen. Die Knoten, die du an den Nähten gesetzt hast—"

„Doktor Rohm, meine Partnerin ist offensichtlich erschöpft." Tarks beschützende Stimme schnitt dem Mann das Wort ab. „Sie können sie ein andermal befragen. Sie braucht eine Badekapsel und etwas zu Essen, ansonsten wird sie selbst eine Wiederbelebung brauchen."

Er verneigte sich knapp. „Natürlich. Verzeihung. Ich habe hier auf Trion noch niemanden mit ihren Fertigkeiten gesehen."

„Ich werde ein Treffen für Sie beide arrangieren, wenn das für dich akzeptabel ist, Eva."

Tark überließ mir das Sagen, was eine Überraschung war. Er war derjenige, der bisher in unserer Beziehung das Sagen hatte. Ich war diejenige, die sich unterordnete. Diese Veränderung war überraschend.

„Ja, natürlich."

„Bis dahin, vielen Dank." Der Mann verneigte sich, nicht zu Tark, sondern zu mir, und zog sich zurück.

Tark beugte sich nach unten, um mir ins Ohr zu flüstern. „Es scheint, *Gara*, dass ich nicht der Einzige bin, der von dir hingerissen ist."

8

Ich stand in völliger Ehrfurcht vor meiner Partnerin. Sobald wir im Zelt zurück waren, half ich ihr aus der blutverschmierten Kleidung, die einen Haufen zu ihren Füßen bildete. Ich dachte daran, wie sie den Verletzten geholfen hatte. Wie geschickt sie Maras Leben gerettet hatte, war eindrucksvoll, aufregend und überwältigend gewesen.

Ein ReGen-Stab hatte gegen eine Wunde von solcher Größe nichts ausrichten können. Sie waren dafür gemacht, kleine Schnittwunden und

Abschürfungen zu heilen, Dinge, für die der Einsatz einer vollen Regenerations-Einheit nicht notwendig war. Doktor Rohm hatte Mara nicht helfen können. Auf Trion starben Leute häufig an der Art von Wunde, die Mara gehabt hatte. Wir hatten Heilwerkzeuge, die die meisten Notfälle rasch und effizient versorgten. In diesem speziellen Fall, in Kombination mit dem abgelegenen Ort und anderen Faktoren, waren diese Werkzeuge wirkungslos. Fertigkeiten wie Evas waren vonnöten, waren das, was unsere Ärzte lernen mussten. Mit medizinischen Geräten herumzuwedeln hatte seine Grenzen. Vielleicht war dies ein Thema für den Hohen Rat. Wenn Evas praktische Fertigkeiten auch nur eine Person auf Trion vor dem Tod bewahren konnten, dann waren sie es wert, unseren Medizintechnikern beigebracht zu werden.

Ich öffnete die Tür zur Badekapsel für

Eva und stellte die Einheit auf einen vollen Reinigungszyklus ein. „Denk dran, die Augen zu schließen", raunte ich in Erinnerung daran, als sie die Maschine das erste Mal benutzte und nicht wusste, was zu tun war. Es war eine beängstigende Erfahrung für sie gewesen. Sie erzählte mir, wie sie auf der Erde badete, und obwohl es archaisch war, wurde mein Schwanz bei dem Gedanke hart, mit seifigen Händen über ihren nackten Körper zu gleiten. „Das Blut wird beseitigt werden und du wirst ohne Schrubben gereinigt werden."

Diesmal war sie fügsamer, eine Mischung aus Vertrautheit und Erschöpfung.

Ich war schon oft in der Schlacht gewesen und erinnerte mich an die Anspannung in der Luft. Wie viel auf dem Spiel stand. Es ging um Leben und Tod, und der Adrenalinrausch in meinem Blut machte mich noch Stunden später beinahe high. Dann ließ er nach, und ich war ausgelaugt, als wäre meine Energie in der Badekapsel mit weggewaschen worden.

Während Eva keine Schlacht durchgemacht hatte—sie war zwischen mir und den Wachen völlig sicher gewesen—hatte sie eine ähnliche Erfahrung gemacht. Sie hatte sich um alle anderen gekümmert, und nun war ich an der Reihe, mich um sie zu kümmern.

Sobald sie fertig war, trat sie heraus, und es war keine Spur von Blut mehr zu sehen. Ihre Schönheit war atemberaubend. Ihr Verstand und ihre Intelligenz waren bemerkenswert. Ich war von meiner Partnerin hingerissener als zuvor.

„Halt still, *Gara*."

Ich fasste meine Kette und löste vorsichtig die Verbindungen zu den Nippelringen, erst eine Seite, dann die andere.

Sie sah mir zu, dann blickte sie hoch und verzog den Mund. „Warum tust du das? Gibst du... mich etwa zurück?" Vor Furcht wich alle Farbe aus ihrem Gesicht.

„Oh *Gara*, nicht doch." Ich strich mit dem Finger über ihre weiche, blasse Haut. „Ich will dich auf andere Weise schmücken. Du hast mir heute Freude bereitet. Ich sehe dich... mich... die Dinge nun in einem anderen Licht."

Ich nahm ihre Hand und führte sie an mein Bett, ließ sie sich in der Mitte auf den Decken und Fellen niederlassen. Ich hob den Deckel eines kleinen Kästchens, das neben dem Bett stand, holte die Edelsteine hervor und hielt sie hoch.

„Ich kenne den Brauch auf der Erde nicht, aber ein Mann auf Trion schmückt seine Partnerin mit Juwelen."

Sie nickte. „Auf der Erde ist es üblicherweise ein Ring."

Ich blickte auf ihre ungeschmückten Finger. Finger, die erst vor kurzem in Blut getränkt waren. In dem Moment erkannte ich etwas Bedeutendes. Vielleicht wusste ich es schon die ganze Zeit, aber ihre Taten heute bestätigten es. Sie hatte die Hände einer Heilerin, nicht die einesr Mörderin.

„Du bist keine Mörderin."

Sie runzelte die Stirn zu einem tiefen V. „Was hat das mit Juwelen zu tun?", fragte sie.

Ich blickte auf die grünen Edelsteine in meiner Hand hinunter. „Nichts." Ich traf ihren Blick. „Dein Verbrechen. Du sagtest, du hast einen Mord begangen."

Sie antwortete nicht, denn ich hatte ihr keine Frage gestellt.

„Das ist nicht die Wahrheit, richtig? Die Zuweisung, ich weiß, dass die Übereinstimmung korrekt ist. Unsere Verbindung"—ich deutete zwischen uns beiden hin und her—„ist keine Lüge."

Tränen traten ihr in die Augen. „Nein. Wir sind keine Lüge."

„Und der Rest?", fragte ich mit leiser Stimme. Ich hatte das Gefühl, dass die Last von ganz Trion in ihrer Antwort lag.

„Lügen", flüsterte sie, während eine Träne über ihre Wange lief. Sie wischte sie mit dem Handrücken fort.

Ich seufzte, höchst erfreut.

„Sag es mir. Erzähl mir alles."

Ich setzte mich auf den Teppich vor ihr, während sie mir erzählte, was vorgefallen war.

„Ich arbeite in einem Krankenhaus, einer Med-Einheit auf der Erde. Dorthin kommen Leute, wenn sie krank oder verletzt sind, wie die Verwundeten heute. Ich rette Leben. Das ist mein Job. Eines Nachts kam jemand herein, der angeschossen worden war." Sie beschrieb mir, was das hieß, die Art von Waffe, die verwendet worden war. „Er war stabilisiert und bereit für ein Krankenbett. Auf der Erde dauert die Heilung Tage oder Wochen. Während er wartete, kam jemand ins Krankenhaus und brachte ihn um. Er war Mitglied einer Verbrecherfamilie—einer Familie, die schlimme Dinge tut—und sein Tod war erforderlich, um irgendeinen Krieg zwischen den Familien beizulegen. Dieser Teil der Geschichte ist nicht wichtig, nur war ich die einzige Zeugin. Ich sah den Mörder durch die Vorhänge, die sein Bett von den anderen abtrennte."

Ich umfasste die Edelsteine kräftig. Der Gedanke daran, dass Eva einem Mörder so nahe gewesen war—einem echten Mörder —brachte mich beinahe dazu, mich auf die Erde transportieren zu lassen und den Mann zu jagen.

„Er hat mich nicht gesehen, wusste nicht, dass ich da war. Als die Polizei kam, wurden wir alle befragt, und ich konnte den Mann identifizieren. Es stellte sich heraus, dass er für zahlreiche ähnliche Verbrechen gesucht wurde, aber nie für eines festgenommen werden konnte. Er ist ein bekannter Auftragskiller mit vielen Toten, für die er büßen muss. Und ich bin die Einzige, die ihn aufhalten kann. Meine Zeugenaussage würde ihn ins Gefängnis bringen, würde eine äußerst mächtige und gut vernetzte Verbrecherfamilie stürzen."

Mein Bauch füllte sich mit Bangen darüber, wohin diese Geschichte führen würde. Ich wusste, was sie als nächstes sagen würde.

„Sie haben dich weggeschickt, damit du sicher bist, damit der Mörder dir nichts anhaben kann."

Sie hatten sie bis nach Trion geschickt.

Sie nickte. „Und doch war der einzige Weg, das zu tun, mich dem Interstellaren Bräute-Programm als Kriminelle anzuschließen. Auf der Erde werden die schlimmsten Verbrecherinnen vorgezogen, und meine Zuweisung fand schon bald statt."

Ich war wütend. Fuchsteufelswild sogar. Eva war dazu gezwungen worden, ihr Leben aufzugeben, den Planeten zu verlassen, weil sie Zeugin eines Verbrechens geworden war. „Du bist die Unschuldige, und anstatt dieses *Fark* warst du dazu gezwungen, dich als Kriminelle auszugeben, als Mörderin. Was Bertok und die anderen zu dir gesagt haben."

Ich schluckte den bitteren Zorn in meinem Hals hinunter.

„Ja, aber ich wurde dir zugewiesen", antwortete sie.

Ich sah sie eindringlich an. Sie hatte Recht. Wir waren wegen dieses Zufalls einander zugeordnet worden. Es wäre ansonsten nie passiert. Sie würde niemals ein Verbrechen begehen und wäre daher niemals im Interstellaren Bräute-Programm gelandet. War es Schicksal gewesen? Es schien mir wie vorbestimmt.

„Dann spielt es keine Rolle. Nichts

davon. Du bist hier, in Sicherheit und weit weg von den Gefahren auf der Erde."

Sie richtete sich auf ihre Knie und kam näher an mich heran. Ihre blassen Augen waren düster anstatt erleichtert.

„Ich muss zurück."

Ich stand abrupt auf. Ihre Worte trafen mich wie ein Schlag in den Solarplexus. „Wie bitte?"

Sie konnte nicht einfach weg. Sie war gerade erst angekommen. Ich hatte sie gerade erst gefunden. Sie gehörte mir, und ich würde sie nicht zurückgeben.

„Ich muss aussagen. Ich habe ein persönliches Transportmodul in meinen Schädelknochen implantiert." Ihre Hand hob sich zu einer Stelle hinter ihrem Ohr. „Wenn es soweit ist, wird es mich für meine Aussage zurück transportieren. Für gewöhnlich sind alle Zuweisungen für Erdenbräute permanent, aber das trifft auf mich nicht zu. Sie haben geplant, mich für die Verhandlung auf die Erde zurückzubringen. Ich muss zurück."

„Wann? Warum hast du mir nichts gesagt?"

„Ich weiß nicht, wann. Sie sagten, dass die Verhandlung in ein paar Monaten sein wird. Ich sollte mich hier auf Trion untermischen und versteckt bleiben, bis sie mich holen."

„Nein. Ich gebe dich nicht auf. Lass dir einfach von Doktor Rohm das Modul entfernen."

Sie schüttelte langsam den Kopf. „So funktioniert das nicht. Es war Teil der Abmachung. Sie wollten mich am Leben erhalten, damit ich aussagen kann. Natürlich möchte ich am Leben bleiben, also stimmte ich zu. Ich wusste nicht, wohin sie mich schicken würden, oder zu wem. Ich wusste gar nichts, so wie du. Ich zwang sie dazu, mich zurückzuholen, nicht nur, damit ich aussagen und den Mann ins Gefängnis bringen kann, sondern auch, weil ich einen Weg zurück nach Hause brauchte."

Mein Herz schlug so stark, dass ich mir sicher war, Eva konnte es hören. Ich spürte, wie es bei dem Gedanken schmerzte, dass sie so viele Lichtjahre entfernt sein würde. Es gefiel mir ja nicht einmal, wenn sie im Harem auf der anderen Seite des Außenpostens war.

„Und jetzt? Willst du immer noch nach Hause?"

„Ich... ich weiß es nicht."

Ihre Unschlüssigkeit war für mich in Ordnung. Sie hatte nicht Ja gesagt. Sie sprang nicht auf die Füße vor Vorfreude darauf, zur Erde zurückzukehren. Sie sah verloren und verwirrt aus. Wenn sie bleiben würde, dann gab sie ihre Welt auf, ihre Lebensweise, und zwar für immer. Als Verbrecherin hatte sie keine Wahl gehabt, aber Eva hatte die ganze Zeit über gewusst, dass sie nach Hause zurückkehren würde. Sie war unschlüssig darüber. Es war meine Aufgabe, sie umzustimmen, sie dazu zu überreden, hier zu bleiben. Vielleicht hatte sie meine Gedanken gelesen, denn sie sagte: „Ich muss gehen. Ich habe keine Wahl. Die Transporter-Technologie wird mich zurückholen. Ich weiß nicht einmal, wann es passieren wird."

Es musste einen Weg geben. Ich musste herausfinden, wie ich sie behalten konnte. Fürs Erste musste ich es ihr zeigen, ihre Zweifel beseitigen. Sie musste wissen, dass sie mir gehörte. Ich hatte es wieder und wieder gesagt, sie gedrängt, ihr den Gedanken geradezu aufgezwungen. Nun war es an der Zeit, ihr meine wahren Gefühle zu offenbaren, um sie durch das, was uns verband, zum Hierbleiben zu überreden.

Ich kam wieder zum Bett, hob ihr Kinn mit den Fingern hoch, bis unsere

Blicke sich trafen. Sich hielten. „Ist Eva dein echter Name?"

„Ja."

„Es ist egal, dass das Bräute-Programm uns einander zugeordnet hat. Allein was wir denken, zählt. Ich weiß, dass du perfekt zu mir passt. Ich kann es *spüren*."

Tränen liefen über ihre Wangen. Ich kniete vor ihr und hielt die Hand auf.

„Die Kette zwischen deinen Brüsten hat dich für alle Welt ersichtlich als mein Eigentum gekennzeichnet, aber es war ein Symbol meiner Macht über dich. Du hast es während der Sitzung vorhin selbst miterlebt. Obwohl ich damit meinen Besitzanspruch vor den Ratsherren beweisen konnte, ging es auf deine Kosten."

Ich befestigte einen der grünen Edelsteine an dem Ring in ihrem rechten Nippel, dann einen weiteren links

„Nun bist du erneut als mein Eigen gekennzeichnet. Diese hier jedoch, so hoffe ich"—ich hob meinen Blick von ihren Nippeln zu ihren Augen—„wirst du tragen, weil du darauf stolz bist, mir zu gehören. So wie ich im Gegenzug voll und ganz dir gehöre."

Sie sah ohne die Kette nur noch schöner aus. Die Edelsteine ließen ihre blasse Haut leuchten und ihr Haar wie Feuer lodern. Mein Schwanz pochte in meiner Hose und erinnerte mich daran, dass mein Herz ihr vielleicht sagen wollte, wie ich empfand, mein Schwanz es ihr jedoch *zeigen* wollte.

„Das ist zu viel", antwortete sie.

Ich verzog den Mund und umfasste ihre beiden Brüste mit meinen Händen. „Sie sind zu viel? Tun sie dir weh?" Ihre Haut war wie von feinster Seide, meine Handflächen so grob und dunkel im Gegensatz zu ihrem zarten Fleisch.

Sie schüttelte den Kopf. „Die Juwelen. Sie sehen kostbar aus."

Meine Sorge verflog. „*Du* bist kostbar."

Dann grinste ich, bereit, diese Stimmung zu wechseln. Ich teilte meine Gefühle nicht oft mit anderen—wenn überhaupt jemals—und ich war an einem Punkt angelangt, wo ich meine Zeit mit Eva in eine eher animalische Richtung steuern wollte.

„Haben die Ringe, die du getragen hast, etwa das hier gekonnt?" Ich wedelte mit meiner Hand vor den Edelsteinen herum, und sie fingen zu vibrieren an. Das Teil, mit dem der Edelstein am Ring befestigt war, war ein Stimulator, den ich kontrollieren konnte.

„Oh", seufzte sie. „Du hast... du hast viele verschiedene Spielzeuge."

„Spielzeuge? So wie für Kinder?"

Ihre Augen schlossen sich, und sie streckte ihre Brust raus. „Nein, Spielzeuge für... für Sex. Wie die Lustkugeln."

Ich streichelte über die Unterseite einer Brust, und sie blickte mich an. „Hmm, die haben dir ein wenig zu sehr gefallen, will ich meinen. Besonders, wenn du sie als Spielzeug ansiehst. Du magst also Sexspielzeuge?" Auch wenn wir eindeutig aufeinander abgestimmt waren, hatte ich noch viel zu lernen.

„Ich habe vor dir noch nie welche mit einer anderen Person gemeinsam benutzt, aber soweit ich sagen kann, ja, ich denke schon."

Mir gefiel, wie sie diesen Satz formulierte. Es ließ mich glauben, dass diese Frau in ihren Gelüsten wesentlich abenteuerlustiger war, als ihr selbst klar war. Vielleicht hatte sie einfach noch nie Gelegenheit gehabt, ihre Grenzen zu testen, was ich ihr mit Gewissheit nun bieten würde. „Eva, du *bist* ein böses Mädchen." Ich grinste. Ich lehnte mich auf einen Ellbogen und griff wieder in das kleine Kästchen neben dem Bett. Ich warf eine Reihe von Sexspielzeugen auf das Bett.

„Hier, du hast meine Erlaubnis, mit

ihnen zu spielen, während ich in der Badekapsel bin, aber du darfst nicht kommen. Deine Lust gehört mir." Ich hob eines der Sexspielzeuge auf und reichte es ihr, dann ging ich baden.

Meinem Schwanz war es egal, ob ich sauber war oder nicht, aber ich wollte ihr ein paar Minuten dafür lassen, selbst mit den Gegenständen zu spielen, bevor ich sie alle, jedes Einzelne von ihnen, an ihr ausprobieren würde.

———

„Du hast nichts gefunden, das dir zusagt?", fragte Tark, als er aus der Badekapsel stieg. Ich blickte von der Auswahl an Weltraum-Sexspielzeugen hoch und mein Mund wurde trocken. Zum ersten Mal sah ich Tark völlig nackt. Vor mir stand ein Krieger. Er sah absolut tödlich aus, so finster und gefährlich, und bei seiner Größe und den gewaltigen

Muskeln konnte ihm niemand das Wasser reichen. Kein Wunder, dass es mir so leicht fiel, mich ihm zu unterwerfen. Er strahlte seine Macht mit Leichtigkeit aus, und wenn ich davon daran dachte, wie meine Pussy für ihn anschwoll und weich wurde, strotzte er nur so vor Pheromonen.

„Oh, ich... ähm."

Er amüsierte sich darüber, wie sprachlos ich war. Er deutete mit dem Kinn auf das, was ich vergessen in der Hand hielt. „Soll ich dir sagen, was das ist, oder es dir zeigen?"

Ich blickte auf die seltsamen Apparate hinunter. Eines sah aus wie ein Dildo, aber in der Form von größer werdenden Kugeln, klein an der Spitze und breiter am Ansatz, wo meine Hand es festhielt. Das andere war wie ein U geformt und aus glattem Metall, und ich hatte keine Ahnung, wie es funktionierte oder wohin es gehörte. Ich konnte es nicht zum Vibrieren oder sonstiges bringen.

Ich leckte meine Lippen. „Zeig es mir."

Er kam zum Bett, kroch neben mich und nahm es mir ab. Er blickte hinunter und schnippte an einen der Edelsteine an meinen Nippeln. „Sie gefallen dir?"

„Mmm", raunte ich. Das Gewicht der Edelsteine war geringer als das der Kette und ich fühlte mich ohne sie fast nackt. Aber die Kette hatte nicht vibriert, nichts getan außer konstant an mir zu zupfen. Die Edelsteine hatten meine Nippel sofort nachdem Tark die Vibrationen aktiviert hatte zu harten kleinen Knospen werden lassen. Wenn ich meine Brüste umfasste, oder selbst wenn ich die Handflächen auf meine Nippel drückte, schwächte das die Stimulation nicht, die die Steine boten. Ich war mir nicht sicher, wie lange ich diese simple Tortur aushalten konnte. Und jetzt wollte dieser Mann auch noch irgendwelche seltsamen Spielzeuge an mir ausprobieren. Ich war mir nicht sicher, ob ich das überleben würde. Aber ich wollte es versuchen.

„Auf den Bauch mit dir."

Als ich ihn mit großen Augen fragend anblickte, sagte er: „Denk dran, *Gara*, außerhalb dieser Wände werde ich dich als ebenbürtig behandeln—solange deine Sicherheit nicht in Gefahr ist—aber wenn es ums Ficken geht, wirst du dich mir unterordnen. Immer."

Seine Stimme war sanft, und doch hörte ich das Kommando darin. Er war beiseite getreten und hatte getan, was ich sagte, als ich Mara behandelte, hatte mir den Weg frei gemacht und zugelassen, dass ich meinen Job tat, bis alle Patienten versorgt waren. Ich hatte das Sagen gehabt, und er hatte das akzeptiert. Aber hier in diesem Zelt war er der Dominante. Ich ließ es zu, nicht nur, weil es die Wahrheit war, sondern weil ich es so wollte. Ich wollte, dass Tark mir sagte, was ich tun sollte, die Kontrolle übernahm, mich festband und sich an mir vergnügte. Ich wollte sogar von ihm gezüchtigt werden. Dies erregte mich, bereitete mir Freude. Es erfüllte ein Bedürfnis in mir, von dem ich nichts gewusst hatte. Das Testverfahren des Bräute-Programms hatte in die tiefsten Abgründe meiner Seele geblickt, an die Orte, die ich selbst vor mir versteckt hielt. Daher hinterfragte ich ihn nicht. Stattdessen rollte ich mich auf den Bauch, und achtete dabei auf die Steine.

„Stütze dich auf die Ellbogen auf, wenn es hilft. Das würde mir sogar gefallen, denn ich genieße es, dich so schön geschmückt zu sehen."

Auf die Unterarme gestützt war mein Rücken durchgebogen und meine Brüste hervorgestreckt. Oh ja, so wie seine Augen dunkler wurden und seine Lider sich schlossen, gefiel es ihm sogar sehr. Ich fühlte mich... schön.

Seine Hände fuhren mir über den

Rücken, über die Wölbungen meines Rückgrats, bis er mit einer Hand eine Arschbacke umfasste.

„So perfekt."

„Du wirst mich nicht züchtigen, oder?", fragte ich, spannte mich an und wartete auf den ersten schallenden Hieb seiner Hand. Ich spürte, wie meine Pussy bei dem Gedanken feucht wurde.

Seine Augen hoben sich von meinem Po zu meinem Gesicht. „Möchtest du, dass ich das tue?"

Ich schüttelte den Kopf, obwohl das zu einem ganz kleinen Teil nicht stimmte.

Er hielt das Spielzeug mit den größer werdenden Kugeln hoch. „Das hier, das wird deinen Hintern ausfüllen, dich dehnen, damit du meinen Schwanz aufnehmen kannst."

Meine Augen wurden groß, und ich betrachtete das Spielzeug mit völlig neuen Augen.

Er grinste, legte es aufs Bett zurück und hielt das U hoch. „Dann also dieses hier." Er legte es zwischen die beiden Grübchen in meinem Kreuz. „Während deiner Erstbesteigung habe ich dich hier berührt." Er hatte seine Finger an der Spalte in meinem Hinterteil entlang geführt und an meinen Anus gelegt. „Nein, *Gara*, spann dich nicht an. Lass locker."

Seine Hand entfernte sich und griff nach etwas aus dem Berg von Spielzeugen, den er auf dem Bett aufgetürmt hatte. Es war ein kleines Fläschchen, und als er sein Gewicht so verlagerte, dass er beide Hände verwenden konnte, machte ich mir Sorgen. Ich hatte eine Vorstellung davon, was er tun würde, wofür es gut war. Doch ich war gleichzeitig etwas ängstlich und leicht erregt. Als er das Fläschchen umdrehte, trat ein Tropfen einer klaren Flüssigkeit hervor und tropfte auf seinen

Finger. Der Duft kam mir bekannt vor. Mandeln.

Ich wusste, wohin das Spielzeug gehen würde, und versuchte, mich zu entspannen. Ich blickte über die Schulter und sah zu, wie er mit einer Hand meine Backen auseinander drückte, und spürte die schlüpfrige Flüssigkeit *dort*.

Während er mich dort sanft umkreiste, ganz leicht, ganz langsam, raunte er mir zu. „Schh, braves Mädchen, atme ruhig weiter. Ja, entspann dich. Du bist gekommen, als mein Finger in dir war. Stell dir vor, wie es sich anfühlt, wenn mein Schwanz tief in dir vergraben ist. Das hier ist viel kleiner als das andere Spielzeug. Anders. Vertrau mir."

Ich vertraute ihm, aber ich konnte nicht anders, als mich bei dem Gedanken an seinen Schwanz, der mich... dort... füllen sollte, zu verkrampfen. Er lachte mich aus, aber das war mir egal. Also, dieser Punkt zumindest. Was mir ganz und gar nicht egal war, waren seine Berührungen.

Er hob das Fläschchen auf und setzte es direkt an mein jungfräuliches Loch, und die Spitze des Fläschchens fuhr mit Leichtigkeit in mich ein. Es war sehr klein, also konnte es selbst dann in mich eindringen, als ich mich bemühte, mich zu verschließen. Ich fühlte Wärme in mich fließen. Der süße Duft war stark, stark genug, um den Traum vom Abfertigungszentrum wieder hervorzurufen. Gott, ich hatte vom Duft eines analen Gleitmittels geträumt?

„Das hier wird dich gleitfähig machen, *Gara*, ich würde dir niemals wehtun. So ist gut. Spürst du das? Ja, es ist warm und es wird meinem Finger den Weg erleichtern, oder dem Spielzeug, und ganz besonders meinem Schwanz."

Ich wusste nicht, wie viel der Flüssigkeit er in mich gegossen hatte, aber ich spürte sie ziemlich tief in mich fließen, von ihrer Hitze überrascht. Es tat überhaupt nicht weh, aber nun kannte ich die Tiefe, die er in mir füllen wollte. Hoffentlich würde er mehr zu meiner Vorbereitung tun, als nur Gleitmittel einzusetzen.

Vielleicht gehörte Gedankenlesen zum Zuordnungs-Prozess, denn er sagte: „Heute noch kein Schwanz, *Gara*. Du bist noch nicht soweit... noch nicht. Aber schon bald. Bald wirst du mich überall haben. Ich werde jede Stelle an dir in Besitz nehmen."

Ich stöhnte bei dem Gedanken auf, und dem begierigen Ton in seiner Stimme. Er hob das Spielzeug von meinem Rücken auf und spreizte mich wieder. Diesmal spürte ich anstatt seines Fingers das kühle Metall an mich gepresst. Er umkreiste und drückte zur gleichen Zeit, und raunte mir fortwährend zu. Worte des Lobes, Worte des Begehrens, und es entspannte mich, half dem Objekt, in meinen Hintern zu gleiten und mich dabei zu dehnen.

Als es mich dort durchdrungen hatte, war Tark aber noch nicht fertig, denn nun lernte ich, wofür das U gut war. Das andere Ende glitt problemlos und ohne jedes Zureden in meine Pussy. Tiefer und tiefer glitt es, bis ich vorne und hinten mit hartem Metall gefüllt war. Es war nicht so dick wie Tark, und so wusste ich sofort, als mein Körper sich um das fremde Objekt zusammenzog, dass es nicht ausreichend war.

Tark strich mit seiner Hand über meinen Po. „Wie fühlt sich das an?"

Ich blickte ihn an. Der Krieger hatte sich zum Liebhaber gewandelt. Sein Schwanz stand dick und stolz von seinem Körper ab, und ich wusste, dass er es viel lieber hätte, anstelle des Spielzeugs selbst bis zum Anschlag in mir zu sein.

„Es ist... tief. Aber nicht so groß wie du."

Er grinste schelmisch. „Schmeicheleien, *Gara*. Gefällt mir. Aber kann mein Schwanz das hier?"

Und plötzlich begann das Metall zu vibrieren.

„Oh mein Gott!", schrie ich, meine Arme sackten zusammen und ich fiel aufs Bett. „Hat... hat denn alles auf Trion Vibrationen?", fragte ich stöhnend.

Ich konnte nicht still liegen. Ich musste mich bewegen, denn das U-Teil berührte jeden empfindlichen Punkt in mir, auch die, die ich gar nicht kannte. Etwas tief in meinem Hintern zu spüren sollte sich unangenehm anfühlen, aber es fühlte sich himmlisch an. Das hier, das war genau wie in meinem Traum. Diese intensive Lust, der Duft von Mandeln. Oh mein Gott, ich würde kommen. Ich streckte den Hintern in die Luft, wackelte mit ihm, fiel auf die Seite und packte meine Brüste, wollte das Sehnen in ihnen stillen.

„Tark!", schrie ich.

Er sah aufmerksam zu, wie ich mich auf dem Bett herum warf, und wirkte äußerst selbstzufrieden.

„Meister", sagte er, seine Stimme ein tiefes Grollen.

Er warf mich auf den Rücken, spreizte meine Beine und legte sich dazwischen. Er war nicht sanft, aber sanft brauchte ich gerade nicht. Die Empfindungen waren unfassbar, und ich starb einen seligen Tod. Schweiß trat mir auf die Haut, und mein Herz raste. Ich konnte kaum Atem holen, geschweige denn aufschreien.

Meine Augen waren zugefallen, und ich verlor mich in der Lust. Daher bemerkte ich auch nicht, dass er seinen Kopf zwischen meine Schenkel bewegt hatte, bis ich spürte, wie sein Mund sich an meinem Kitzler festsog. Ich hob den Kopf und sah ihn am anderen Ende meines Körpers. Er blickte mich an, sein

Mund glänzend und nass mit meinen Säften.

„Meister", schrie ich.

„Musst du kommen, Eva?"

Er schnippte seine Zunge über meinen Kitzler, sein warmer Atem hauchend auf der empfindlichen Knospe. Mit seinen Händen packte er meine Hüften, damit ich nicht mehr zappeln konnte.

„Ja."

„Sag es."

„Ich will kommen... Meister."

„Braves Mädchen. Du darfst nun kommen."

Er setzte seinen Mund an mir an und saugte, schnellte seine Zunge hervor und sog an mir. Ich hatte keine Ahnung, was er tat, und es war mir egal. Er war mit seinem Mund ebenso geschickt wie mit seinen Fingern und seinem Schwanz.

Mit einem lauten Schrei kam ich. Es

war so heftig, dass meine Schenkel sich um Tarks Kopf ballten. Bestimmt würde ich seinen Kopf wie eine Walnuss knacken, aber das war mir egal. Die Vibrationen in meinem Hintern waren so unglaublich, dass mir Tränen über die Wangen liefen. Ich hielt es nicht aus. Es war zu viel. Bei all dem, was in meinem Hintern und meiner Pussy geschah, und mit Tarks gnadenloser Attacke an meinem Kitzler, kam ich gleich nochmal. Und dann nochmal.

„Aufhören. Hör auf"!, schrie ich. Ich würde noch an Lust sterben.

Zur gleichen Zeit klangen die Vibrationen im U-Spielzeug und in den Nippel-Steinen langsam ab und hörten schließlich völlig auf. Tark leckte weiter über meinen Kitzler, aber sanft, als wollte er mich langsam herunterholen.

„Ist das alles, was dein Körper mir geben kann, *Gara*?"

„Ja." Ich konnte nicht atmen, nicht

denken. Ich war außer mir, mein Körper gehörte mir nicht mehr, sondern ihm.

„Ja, was?" Er knabberte ganz sanft an meinem Kitzler, und ich stöhnte. Mein Körper war eine sich windende Masse von höchst stimulierten Nerven.

„Meister. Ja, Meister." Er war der Meister meines Körpers, und nun, so fürchtete ich, auch der Meister meines Herzens. Ich vertraute ihm. Bei ihm fühlte ich mich sicher und geborgen, beschützt und verehrt. Bei ihm hatte ich nicht das Gefühl, dass ich meine Gelüste oder mein Feuer verstecken musste, in seinen Armen konnte ich alles loslassen. Ich konnte fallen, und er würde mich fangen.

„Wem gehört deine Lust, Eva?"

War dies eine Fangfrage? Er zog das Spielzeug in mir zur Hälfte heraus, dann schob er es langsam wieder hinein. Meine Hüften hoben sich aus eigenem Willen seinem Mund entgegen. Mein Körper war wie ein fein abgestimmtes Instrument, und er spielte mich. „Sie gehört dir, Meister."

„Ja, das tut sie." Er lächelte, und dann aktivierte er die Vibrationen wieder. „Und ich werde dir sagen, wann du genug hast." Tark bewegte das Spielzeug hin und her und fiel mit seinem Mund über meinen Kitzler her. Er saugte an mir und fickte mich mit dem Spielzeug, bis ich mich wie ein gespannter Bogen vom Bett aufbäumte, unfähig, seiner animalischen Dominanz über meinen Körper zu widerstehen, als er mich zu einem weiteren Höhepunkt zwang. Ich hatte nicht die Kraft, zu schreien, also wimmerte ich nur, als meine Erlösung mit der Kraft eines Tornados durch meinen Körper fuhr.

Bevor ich zu Atem kommen konnte, zog er das Spielzeug aus meinem erschöpften Körper heraus und warf es zur Seite. Tark richtete sich auf die Knie auf und kniete zwischen meinen weit gespreizten Schenkeln. Er packte mich an einer Hand, hob sie über meinen Kopf, dann die andere, und hielt sie beide fest, um sie mit einem dicken Lederriemen zu befestigen. Ich zerrte an den Fesseln und wusste, dass er mich nicht befreien würde. Er würde mich nehmen, wie er wollte. Meine Pussy zog sich um die Leere herum zusammen, der Schmerz meiner Erregung brachte die Lippen meiner Pussy zum Pulsieren, im gleichen Rhythmus wie mein Herzschlag. Ich brauchte ihn in mir, brauchte es, gefüllt zu sein. Sein Eigentum zu sein. Ich brauchte seine Lust, seinen Besitzanspruch. Ich brauchte es, zu sein, was er wollte, ihm zu geben, was er wollte.

„Nun ist es an der Zeit, dich zu ficken."

Ich nickte, während mir leise Tränen aus den Augenwinkeln strömten. Die Heftigkeit seines Besitzanspruches, seiner Kontrolle über meinen Körper, meines Höhepunktes, überwältigten mich, und ich konnte die Tränen nicht zurückhalten. Diese Tränen waren ich, meine Seele, der emotionale Damm, der in mir brach, hier, jetzt, in der Sicherheit seiner Arme.

Ich gehörte ihm, mit Körper und Seele, und würde ihm nichts verwehren. Wenn das Spielzeug auch umwerfend gewesen war, es war nicht Tarks Schwanz gewesen. Ich war begierig darauf, dass sein harter Schwanz mich weit ausdehnte. Ich brauchte diese Verbindung. Ich brauchte es, zuzusehen, wie er sich anspannte, sich verlor in der Lust, die nur mein Körper ihm bringen konnte. Ich brauchte die Gewissheit, dass er mir gehörte.

Er legte sich zurecht und glitt mit einem langen, zügigen Stoß in mich hinein. Er stützte sich auf die Unterarme, sodass sein Kopf direkt über meinem war, und füllte mich vollständig aus. Ich war festgenagelt, meine Hände über meinem Kopf gesichert, meine Hüften von seinen in das weiche Bett gedrückt. Ich konnte mich nicht rühren. Ich konnte nichts tun, als mich von ihm ficken zu lassen.

Er hielt still und raunte: „*Gara.*"

Er senkte den Kopf und küsste mich, während er sich bewegte. Ficken und küssen. Er war so bemerkenswert zärtlich, und das... das war neu. Mehr. Es war die Bestätigung, dass wir einander gehörten. Er hatte mir auf jeden Fall meine Lust geschenkt, aber ich wusste—ich konnte *spüren*—dass ich mehr für ihn war als eine Frau, die er ficken und züchten konnte. Er hatte sich verändert, selbst in der lächerlich kurzen Zeit, die ich auf Trion war. Seine Härte, die schroffen Kanten von Frust und Macht, waren weicher geworden. Das hatte ich bewirkt.

Ich konnte seine Sorgen beschwichtigen, die Last erleichtern, die als Oberster Ratsherr auf seinen Schultern lag. In diesem Moment war er in der Lage, sich in mir zu verlieren, Lust und Trost zu finden. Nicht als Oberster Ratsherr, nicht als der Anführer seines Volkes, nicht als mächtiger Mann, bei dem viele Leute Rat suchten.

Bei mir war er einfach nur der Mann Tark. Sein Rhythmus wechselte von einem sanften Gleiten, und die köstlichen Reibungen seines Schwanzes brachten mich schon bald wieder an den Rand des Höhepunktes, als wäre mein Verlangen wie Zunder, der wieder eine hohe Flamme entfachte. Rasch steigerte sich sein Tempo, als würde er nach etwas greifen. Ich verstand.

„Tark. Lass los." Ich nannte ihn absichtlich beim Namen, ließ ihn wissen, dass er sich in diesem Moment nicht einmal darum sorgen musste, mich zu beschützen. Er konnte sich einfach der Lust hingeben, die er in meinem Körper fand, in der Erlösung, die ich ihm schenken konnte.

Er hob seinen Kopf hoch und blickte mich an. Schweiß tropfte auf meine Brust.

„Ich kann nicht die Kontrolle verlieren. Ich verliere niemals die Kontrolle." Er fuhr mir mit den Händen über die Arme und drückte meine Handgelenke zusammen. „Ich will dir nicht wehtun", antwortete er, während seine Hüften rhythmisch zustießen.

Ich hob meine Beine höher, drückte ihm die Knie in die Seite, damit er mich noch tiefer füllen konnte.

Ich schüttelte den Kopf. „Das wirst du nicht. Das *kannst* du nicht."

Vielleicht war es mein Tonfall, oder der Ausdruck auf meinem Gesicht, oder die Art, wie mein Inneres seinen Schwanz erfasste, aber die Maske fiel ab. Sein Gesicht zog sich zusammen, sein Kiefer spannte sich an, und seine Augen fielen zu. Ich hakte meine Kniekehle über seine Armbeuge, er hob mich etwas höher und bohrte sich in mich. Ich schrie auf, weil er mich beinahe zu voll machte, aber er hörte nicht auf.

„Ja", schrie ich, damit er wusste, dass ich es wollte. Und das tat ich. Ich wollte alles von ihm. Wenn wir so gut aufeinander abgestimmt waren, dann konnte ich es aushalten. Ich konnte ertragen, was immer er mir gab, ich *musste* ihn annehmen, alles von ihm. Ich musste ihn beglücken, ihn zufriedenstellen, mich seiner Lust unterwerfen. Ich kam ihm bei jedem Stoß entgegen; sein Griff an meinem Bein und meiner Hüfte wurde fester, und ich wusste, dass meine wilde Reaktion ihn über den Rand seiner Kontrolle hinaus stieß. Die Sexgeräusche, die das Zelt erfüllten—roh, primitiv und nass.

„Ich will ein Baby, Tark. Dein Baby. Gib es mir", stöhnte ich. Und das tat ich. Ich wollte ihm das Baby schenken, das er begehrte, das Kind, nach dem ich mich sehnte, mir aber nie vorstellen konnte. Ich war angewidert gewesen bei dem Gedanken, zur Zucht verwendet zu werden, und dass Tarks Hauptaufgabe darin bestand, eine Frau zu finden, die fruchtbar war und ihm den notwendigen Erben schenken konnte.

Aber das war es nicht, was wir hier taten. Wir fickten nicht auf einem zeremoniellen Hocker. Wir wurden nicht beobachtet oder aufgezeichnet für das Abfertigungszentrum des Bräute-Programms. Wir waren nur ein Mann und eine Frau, die einander brauchten und ihr Begehren zeigten. Die ihren Daseinssinn darin fanden, indem sie auf diese Art zusammenkamen. Ich hatte Macht. Ich konnte Tark in ein wildes Tier verwandeln, gierig und verzweifelt nach Erlösung suchend, bis sein Verstand davon beherrscht war, mich auszufüllen.

„Bitte, Tark."

„Du willst es, *Gara*?", grollte er.

„Ja!"

„Du willst mich? Nur mich? Du bleibst bei mir als meine Partnerin?"

Ich öffnete die Augen, und er blickte mich an. Meine Nippel rieben über seine Brust, so, wie ich aufgebäumt war, die Hände über dem Kopf.

Ich hatte noch kaum etwas von Trion gesehen. Ich wusste nur, dass Außenposten Neun primitiv war und mitten in der Wüste. War der Rest von Trion genauso? Waren alle Leute hier wie Bertok oder Mara? Ich begehrte, mehr zu erfahren, solange Tark bei mir an meiner Seite war.

Was hatte mir die Erde schon zu bieten? Es gab keinen zugeordneten Partner. Keinen Tark. Die Entscheidung fiel leicht.

„Ja."

Tark fasste zwischen uns und strich mit dem Daumen über meinen Kitzler, einmal, zweimal, und ich kam.

Ich streckte meinen Rücken noch

weiter durch und schrie auf, fühlte Tark über mir starr werden, mich ausfüllen und seine eigene Erlösung herausschreien. Dicker Samen schoss in mich hinein, füllte mich zum Überfluss. Gierig packte und melkte mein Körper Tarks Schwanz, sog ihn tief in mich hinein.

„Ja", sagte ich.

„*Fark*, ja", antwortete Tark, während er Atem schöpfte. Er senkte seinen Oberkörper zur Seite, damit sein Gewicht nicht auf mir lastete, aber behielt seinen Schwanz tief vergraben. Die Endorphine von all diesem Ficken machten mich ganz euphorisch und erfüllt. Mit Tark über mir fühlte ich mich sicher und geborgen, und voll und ganz in Besitz genommen. Er löste den Riemen, der meine Hände fesselte, strich mit einer Hand über meine Wange und wischte die leisen Tränen weg, die immer weiter flossen.

„Ich weiß, *Gara*. Ich weiß schon. Bei

mir bist du sicher." Dann hielt er mich in den Armen, und so wild unser Ficken auch gewesen war, war er nun ein sanfter Riese, der mich im Sturm meiner eigenen Emotionen geborgen hielt. Ich konnte nichts zurückhalten, nicht meine Lust, mein Verlangen, nicht die dunkelsten Winkel meines Herzens und meiner Seele. Und dort, in seinen Armen, kämpfte ich nicht länger gegen meine Emotionen an, da ich dies nicht länger brauchte. Die Maske, die mir die Gesellschaft aufzwang, war fort. Er hatte mich völlig befreit, und hielt mich nun sicher und geborgen in seinen Armen.

„Versprich mir, Tark. Verlass mich niemals", sagte ich zu ihm.

„*Gara*, du bist diejenige, die fortgeht. Ich werde unsere Kontaktperson im Programm kontaktieren und sehen, ob etwas arrangiert werden kann, damit ich dich auf die Erde begleiten kann und dich sicher wieder heimbringen."

Ich erstarrte unter ihm. „Wirklich? Das kannst du?"

„Ich werde alles tun, was nötig ist, um für deine Sicherheit zu sorgen. Du gehörst mir. Ich verstehe, dass du tun musst, was ehrenhaft und richtig ist. Du musst zurückkehren, um deine Aussage abzugeben, aber ich werde nicht zulassen, dass du alleine einem brutalen Mörder gegenüberstehst."

Ich kuschelte mich mit einem glücklichen Seufzen an seine Brust. Ich wusste nicht, wie ich so viel Glück verdient hatte. Aber Tark war tatsächlich der einzige Mann, mit dem ich mir vorstellen konnte, den Rest meines Lebens zu verbringen. Er war perfekt auf mich abgestimmt.

Ein leises Surren erklang im Raum, und ich versuchte, den Kopf klarzubekommen, als eine fremde Stimme die Stille durchbrach.

„Das Transportprotokoll für Eva Daily ist hiermit aktiviert."

Das persönliche Transportmodul summte an meinem Ohr, und ich konnte die Stimme deutlich in meinem Kopf hören. Hatte auch Tark das gehört?

Tark ließ seinen Schwanz aus meinem Körper gleiten und riss mich auf die Knie hoch. „Was war das?", sagte er, sämtliche Sanftheit und Zufriedenheit von unserem Ficken verflogen. Sein Samen tropfte meine Schenkel hinunter, während ich auf dem Bettzeug kniete.

„Ich… ich glaube, das war das Transportmodul, und ich werde auf die Erde zurückgebracht."

Mein Herz fing zu rasen an, und Tarks Hände packten meine Oberarme.

„Jetzt gleich? Du kannst nicht weg! Wir haben doch gerade erst beschlossen, dass du bleibst." Er sah panisch aus, als wäre dies die einzige Sache, die völlig außerhalb seiner Kontrolle lag, und es nichts gab, was er tun konnte, egal, wie stark er kämpfte oder sich herausreden wollte.

„Ich will bei dir bleiben", sagte ich, schlang die Arme um ihn und drückte ihn fest.

„Wir können dir den Transporter abnehmen, ihn aus deinem Körper schneiden."

Ich schüttelte den Kopf in seine Brust hinein, und das weiche, federnde Haar dort kitzelte meine Wange. „Ich muss den Mann hinter Gitter bringen. Es ist Ehrensache."

„Ich kenne mich mit Ehre aus, *Gara*, aber es ist gefährlich. Du musst diesem Mörder nicht alleine gegenübertreten. Wir werden die Behörden auf der Erde kontaktieren und arrangieren, dass ich mit dir kommen kann."

„Ich glaube nicht, dass dafür Zeit bleibt. Ich sollte sicher genug sein. Ich werde von der Polizei und von der

Staatsanwaltschaft beschützt. Sie werden mir Schutz gewähren", entgegnete ich.

Er schob mich von sich, damit er mir in die Augen sehen konnte. „Und doch hatten sie zuvor kein Vertrauen in ihre Fähigkeit, dich zu beschützen. Darum haben sie dich doch erst hierher zu mir geschickt."

„*Dreißig Sekunden bis zum Transport.*"

„Tark, es passiert, und zwar jetzt. Es tut mir so leid", flehte ich um sein Verständnis dafür, dass ich gehen musste. Ich musste die Dinge auf meiner Welt wieder in Ordnung bringen.

„Du hast nichts Falsches getan", seufzte er, aber ich spürte die Heftigkeit in seinem Griff. „Du musst dies wissen, Eva. Es gibt in der Galaxis nun niemanden mehr für mich außer dich. Das weißt du."

Ich nickte, und Tränen tropften von meinen Wangen.

„*Fünf.*"

„Ich werde dich vermissen", sagte ich ihm.

„Vier."

„Eva!" Seine Augen wurden groß.

„Drei."

„Es gibt auf der Erde niemanden für mich", schwor ich und streckte mich aus den Knien hoch, um ihn zu küssen.

„Zwei."

Er lehnte sich zurück, und sein Atem vermischte sich mit meinem. Er legte eine Hand in meinen Nacken, hielt mich fest an sich. „Du bist meine Partnerin, mein Herz."

„Eins."

„Meister", sagte ich, als ich seine Berührung nicht länger fühlen konnte, seinen würzigen Geruch nicht länger wahrnehmen, ihn nicht länger sehen.

9

Ich wachte nicht allmählich vom Transport auf wie beim ersten Mal. Ich schreckte auf wie aus einem bösen Traum, ruckartig und keuchend.

„Gut, sie ist wach", sagte jemand. Es war nicht Tark.

Ich zwinkerte und blickte mich um.

Ich war in einem kleinen Raum mit einem Holztisch und Stühlen. Zwei Männer saßen mir gegenüber und betrachteten mich eingehend.

„Robert", sagte ich, wohl mehr zu mir selbst, weil ich ihn wiedererkannte, und weniger deshalb, weil ich mich freute, ihn zu sehen. Der Staatsanwalt trug seinen üblichen makellosen Anzug und beäugte mich vorsichtig, sich womöglich fragend, ob der Transport mich entstellt oder mich mit fehlenden Gliedmaßen zurückbringen würde, oder gar nackt.

Ich stöhnte auf und blickte an mir hinunter. Ich konnte den Seufzer der Erleichterung nicht zurückhalten als ich feststellte, dass ich eine schlichte weiße Bluse und einen Rock trug. Ich spürte die üblichen Stöckelschuhe an meinen Füßen, aber ich konnte weder das Model noch die Farbe sehen, denn sie waren unter dem Tisch verborgen. Ich strich mir übers Haar und stellte fest, dass das wilde Lockengewirr sauber gekämmt und an meinem Hinterkopf festgesteckt war.

„Geht es Ihnen gut?", fragte Robert.

Ich blickte ihn und den Mann neben ihm an.

„Tut mir leid, Eva, das hier ist Special Agent Davidson vom FBI. Er hat Ihren Transport vom Planeten arrangiert."

Ich nickte beiden Männern zu. „Robert, ich... es sind noch keine drei Monate vergangen. Was ist passiert?" Es war erst ein paar Tage her, dass ich auf Trion geschickt wurde; bestimmt war das Verfahren nicht so weit vorgezogen worden.

Beide Männer runzelten die Stirn. „Wovon reden Sie? Eva, es sind vier Monate vergangen."

„Sind Sie sicher, dass es Ihnen gut geht, Madam?"

Ich war verwirrt, mein Verstand verschwommen. Ich war nur ein, zwei, drei, ja, drei Tage auf Trion gewesen. Wie konnten vier Monate vergangen sein? „Ich glaube... ich glaube, die Zeit vergeht auf Trion anders."

„Sie waren auf Trion?" Roberts Augen leuchteten wissbegierig auf, wie ein Kind.

Ich nickte.

„Und, wie war es? Ist es wahr, dass das Zuordnungsprogramm funktioniert?"

Ich dachte an Tark und wie ich erst vor wenigen Augenblicken—zumindest aus meiner Sicht—in seinen Armen gelegen hatte. Ich umarmte mich selbst, als könnte ich ihn so immer noch spüren, aber nein. Es war nicht das Gleiche. Mir wurde die Klimaanlage in diesem Erdengebäude bewusst. Auf Trion war die Luft zwar heiß, aber nicht allzu sehr. Es war... angenehm warm.

Meine Arme drückten sich gegen meine Nippel. und ich spürte die Ringe und Steine, die Tark dort angebracht hatte. Sie waren immer noch da!

„Sind Sie sicher, dass es Ihnen gut geht?", fragte der FBI-Agent noch einmal.

„Ich bin gerade von Trion transportiert worden, also geben Sie mir doch bitte eine Minute, um mich umzustellen. Ich nehme an, dass ich die erste Person bin, die zurückkommt, da das Programm üblicherweise nur in eine Richtung geht."

„So ist es", bestätigte der Mann. „Wir haben Ihren Transport so programmiert, dass Sie im Gerichtsgebäude ankommen —wie Sie an diesem Raum erkennen können—und für die Verhandlung angemessen gekleidet."

Das erklärte die Ringe und Steine. Der Mann kannte die Bräuche auf Trion nicht und was Tark mit mir getan hatte, also wusste er nicht, dass sie für den Rücktransport entfernt werden müssten. Er hatte nur angenommen, dass ich für die Verhandlung in die richtige Kleidung gesteckt werden musste, nichts weiter.

Ich war in Wahrheit erleichtert, denn die Nippelringe, die Steine, waren alles, was mir von Tark blieb. Ich war weit weg von ihm, auf der anderen Seite der

Galaxis und es gab nichts, was ich dagegen tun konnte.

„Mir geht es gut. Wenn ich ein Glas Wasser haben könnte, dann können wir zu dem übergehen, was ich sagen soll. Dann würde ich gerne nach Hause gehen."

Ich war dem Weinen nahe, aber ich schluckte die Tränen hinunter. Ich konnte jetzt nicht weinen, nicht vor diesen Männern. Ich konnte sie nicht wissen lassen, dass ich mich in meinen Partner verliebt hatte, dass ich auf Trion bleiben wollte. Das war nun belanglos. Ich würde das Richtige tun, den Mann hinter Gitter bringen und dann zur Arbeit und meinem normalen Leben zurückkehren.

Eine Woche später war die Verhandlung vorüber. Der Mann war für schuldig befunden und ins Gefängnis gesteckt worden. Die Urteilsverkündung würde in den nächsten paar Monaten stattfinden, aber mein Beitrag war getan. Da ich nicht wirklich Evelyn Day war, wiesen meine Unterlagen die falsche Verurteilung und die Strafe des Bräute-Programmes nicht auf. Anstatt zu meinem Alltag zurückzukehren, wie ich es vermutet hatte—und wie mir gesagt worden war, bevor ich nach Trion ging—wurde ich ins Zeugenschutzprogramm gesteckt. Die Lebensgefahr für mich war auch nach dem Ende der nicht Verhandlung vorbei. Der Mann hatte ein Kopfgeld auf mich ausgesetzt, und ich war nicht sicher.

Der FBI-Agent setzte mich in einer kleinen Stadt in Iowa mit einem neuen Namen aus, wo ich nicht als Ärztin tätig sein konnte. Ich bekam einen Job als Schulbibliothekarin. Ich vermisste Tark schrecklich, Tag und Nacht. Nachts lag ich im Bett—in einem fremden, neuen Zuhause—und spielte mit den

Edelsteinen an meinen Nippelringen. Was ich auch tat, ich konnte sie nicht zum Vibrieren bringen. Ich weigerte mich, sie abzunehmen, da sie nun ein Teil von mir waren. Ich brauchte nur gepolsterte BHs zu tragen und auf die Wahl meiner Oberteile zu achten, und schon ahnte niemand etwas. Ich hatte nicht die Absicht, sie herzuzeigen, denn was würde ich sagen?

Sie gehörten mir. Mir und Tark, und sie waren privat. Meine Pussy war immer noch kahl. Ich dachte zuerst, dass ich rasiert worden war, aber nach den paar Tagen auf Trion und der Zeit zurück auf der Erde waren keine Haare zwischen meinen Beinen nachgewachsen. Ich berührte mich selbst, aber wie mit den Lustkugeln war es egal, wie sehr ich mit meinem Kitzler spielte, ich konnte keinen Höhepunkt erreichen. Ich brauchte Tark.

Die Männer auf der Erde wirkten so klein, so schwach im Vergleich zu ihm. Ich stellte fest, dass ich Tark als die Messlatte für den *perfekten* Mann hernahm. Nicht eine Person, die ich kannte oder kennenlernte oder der ich beim Einkaufen begegnete, konnte ihm das Wasser reichen.

Ich hatte keine Freunde in meinem neuen Leben. Ich hatte keine Familie, da meine Eltern beide gestorben waren, als ich noch klein war. Ich war einsam und traurig und fühlte mich, als würde ein Stück von mir fehlen. Ich war der gleiche Mensch wie zuvor, bevor ich Zeugin eines Mordes wurde. Doch indem ich einen Schritt zurück trat—oder vom Planeten verschwand—hatte ich sehen können, wie mein Leben hier wirklich ausgesehen hatte. Und diese öde Existenz war weit von dem entfernt, was ich haben wollte. Vor Tark war die Arbeit mein Leben gewesen. Als ich die Erde verließ, hatte ich kaum echte Freunde, keine Familie.

Ich wollte Tark. Ich brauchte ihn so

dringend, dass ich bereit war, für ihn die Erde aufzugeben. Ich spielte mit mir, umkreiste mit den Fingern meinen Kitzler, wärmte meinen Körper mit Gedanken an meinen Partner, wünschte, dass es seine Hand und sein Mund an meinem Körper wären. Wie er gesagt hatte, gehörte meine Lust ihm, und so schrie ich verzweifelt nach seiner Berührung, wenn ich erregt war. Dann weinte ich mir das Herz raus.

Ich musste etwas tun. Ich musste es zu Tark zurück schaffen, und ich wusste genau, mit wem ich reden musste.

―――

„Herein."

Nach meinem Rufen öffnete sich die Zeltklappe, und Mara und Davish wurden in mein Zelt gebracht. Mara sah genesen aus. Ihre Wangen waren rosig, ihr Haar eine lange Mähne, die ihr über den

Rücken fiel. Ihr Unterkleid war frei von Blut, und der bescheidene Mantel, den sie darüber trug, schirmte den Großteil ihres Körpers von meinem Blick ab.

Nicht, dass das notwendig war. Nichts an der Frau sprach mich an. Sie war attraktiv genug, und sie war Davishs Parnterin, aber mir gefiel ihr schlanker Körperbau nicht, ihre kleinen Brüste, das üblicherweise mürrische Gesicht. Ich wollte Eva.

Es war erst ein Tag vergangen, seit sie mir wortwörtlich durch die Finger geglitten und zur Erde zurücktransportiert worden war. Ich fühlte mich hohl und leer, so, als wäre ein Teil von mir abgerissen worden und mit ihr durch die Weiten des Weltraums gereist, die uns nun trennten.

„Oberster Ratsherr, wir kommen, um uns bei Ihrer Partnerin vielmals zu bedanken." Davish blickte sich im Raum nach ihr um. Wenn er Mara aus dem

Harem geholt hatte, wusste er, dass Eva nicht dort war.

„Es geht euch beiden gut?", fragte ich.

„Ja, Oberster Ratsherr", flüsterte Mara, und Davish nickte.

„Gut. Obgleich ich euren Besuch zu schätzen weiß, ist meine Partnerin nicht hier."

Die beiden runzelten verwirrt die Stirn.

„Sie wurde zur Erde zurücktransportiert."

Mara sah schockiert aus. „War das meinetwegen? Ich war... gemein zu ihr." Sie sah so aus, als wäre ihr das peinlich, als würde sie sich sogar dafür schämen. „Ich habe sie wütend gemacht, und das hat Sie aufgebracht. Es ist meine Schuld, dass Sie sie abgewiesen haben."

Sie ging in die Knie und senkte ihren Kopf.

Ich blickte zu Davish, dessen Kiefer sich bei diesen Neuigkeiten knirschte, da diese Information offenbar neu für ihn war. Ich war nicht froh darüber zu erfahren, dass Mara Eva verletzt hatte, doch es lag nicht an mir, sie zu bestrafen.

„Erhebe dich", sagte ich. Sie tat es, hielt aber ihren Kopf gesenkt. „Sie wurde nicht auf meinen Wunsch hin transportiert. Ganz im Gegenteil. Ihre Aussage war erforderlich, um einen Mann ins Gefängnis zu bringen."

„Sie war keine Mörderin?", fragte Davish.

Ich schüttelte den Kopf.

Etwas wie Bewunderung leuchtete in seinen Augen auf. „Ihre Partnerin ist ehrenhaft", bemerkte Davish. „Ihre Taten gestern waren ein Beispiel dafür. Ihren Partner aus Pflichtgefühl zu verlassen, ist ein weiteres. Ich werde es dem Rat berichten."

Mara faltete ihre Hände. „Sie hat mir das Leben gerettet, und ich werde ihr auf ewig dankbar sein."

Das Paar ging ohne ein weiteres Wort, und das Zelt war erneut menschenleer. Ich sah den zeremoniellen Hocker in der Ecke, das Bett mit den Decken, die immer noch nach Eva rochen. Ich ließ den Kopf in meine Hände fallen und spielte die Unterhaltung noch einmal durch, die ich vor ein paar Stunden geführt hatte. Ich konnte erfolgreich die Kontaktperson des Interstellaren Bräute-Programms für Trion erreichen und wurde kühl darüber informiert, dass sie nichts tun konnten, wenn meine Partnerin beschlossen hatte, mich zu verlassen. Es war meine Schuld, dass ich ihr nicht genug geboten hatte, sie nicht glücklich gemacht. Mein Name würde wieder in das Verzeichnis der verfügbaren männlichen Wesen von Trion aufgenommen werden, aber ganz am Ende der Liste, da ich ein weibliches Wesen nicht zufriedenstellen konnte.

Ich wäre am liebsten durch den Kommunikationsbildschirm gesprungen und hätte die Beamtin mit bloßen Händen erwürgt. Sie ließ es so aussehen, als wäre ich nicht würdig. Als hätte Eva mich verlassen, weil ich nicht gut genug war, um sie zu verdienen.

Vielleicht hatte die Zicke ja Recht. Eva war fort. Wäre ich ein besserer Partner gewesen, hätte ich Eva früher schon gefragt und hätte Zeit gehabt, ihren Rücktransport ohne mich zu verhindern. Hätte ich nach meinen Instinkten gehandelt, den Instinkten, die darauf bestanden hatten, dass sie keine Mörderin war, dann hätte ich ihren Lippen die Wahrheit entlocken und Vorkehrungen treffen können, wie ich sie auf ihrer Reise zur Erde beschützen und an meiner Seite behalten konnte.

Ich hatte als ihr Partner versagt, aber ihre kurze Anwesenheit in meinem Leben verfolgte mich wie ein Geist. Wo ich auch hinblickte, verhöhnten mich die

Erinnerungen an sie, aber sie war weg. Für immer.

Ich warf eine Schale voll Früchte an die Wand, aber das half mir nicht, mich besser zu fühlen.

10

Wieder befand ich mich in dem kleinen Zimmer im Abfertigungszentrum, obwohl ich diesmal keine Gefängnisuniform trug und nicht gefesselt war. Aufseherin Egara stand neben meinem Abfertigungs-Sitz und funkelte den FBI-Agenten an, der auf einem kleinen Plastikstuhl in der Ecke des Raumes saß. Heute war ihr Anzug dunkelblau, und das Abzeichen auf ihrer Brust war immer noch rot, beinahe so rot wie ihre Wangen. Aufseherin Egara war sichtlich wütend auf Agent Davidson.

„Ist dieser DNS-Scan korrekt?" Sie zog eine Augenbraue hoch und blickte den FBI-Agenten finster an. „Die DNS-Probe dieser Frau ist bereits in unserem System abgespeichert. Sie sollte nicht auf der Erde sein. Unseren Aufzeichnungen nach ist sie in gerade diesem Moment auf Trion bei ihrem Partner. Und ihr Name ist nicht Eva Daily, sondern Evelyn Day."

„Ja, die DNS ist korrekt. Aber ihr echter Name ist Eva Daily." Er war vernünftig genug, zerknirscht zu klingen.

„Und wie kommt diese Frau ohne Bewilligung des Interstellaren Bräute-Programms wieder auf die Erde zurück?" Sie verschränkte die Arme, und ich hätte schwören können, dass sie fünf Zentimeter größer war, während sie sich über dem sitzenden Mann auftürmte. Als Agent Davidson nicht antwortete, stemmte sie die Hände in die Hüften.

„Ist Ihnen bewusst, Agent Davidson, dass ich sie als offizielle Repräsentantin der interstellaren Koalition, und als Leiterin des Abfertigungszentrums des Interstellaren Bräute-Programms, wegen Vorspiegelung falscher Tatsachen beim Interstellaren Rat anzeigen kann? Betrug und Identitätsbetrug sind auf allen Welten gesetzeswidrig, Agent." Aufseherin Egara sah aus, als wäre sie nur allzu bereit, ihm seine Waffe abzuknöpfen und ihn auf der Stelle zu erschießen. Ich sprang vom Tisch auf, um mich zwischen sie zu stellen.

„Ich bitte Sie, Aufseherin. Der Zuordnungsvorgang war makellos. Es tut mir leid, dass ich gelogen habe. Ich hatte keine Wahl. Aber jetzt möchte ich nach Hause zurück." Ich hoffte, dass die Sehnsucht und Ernsthaftigkeit in meiner Stimme sie davon überzeugen würden, mir zu helfen. Diese fremde, leicht beängstigende Frau hielt buchstäblich meine Zukunft in den Händen. Sie war die Einzige mit der Macht, mich zurück zu dem Mann zu schicken, den ich liebte. „Bitte. Helfen Sie mir. Ich will zu ihm zurück."

„Ihnen ist klar, Miss Day, oder Daily, oder welchen Namen auch immer Sie diese Woche verwenden", Aufseherin Egara schoss dem FBI-Agenten einen vernichtenden Blick zu, „dass es *diesmal* kein Zurück zur Erde geben wird."

„Ja. Das weiß ich. Ich will nicht hier sein. Ich will auf Trion sein, bei meinem mir zugewiesenen Partner."

Die Augen von Aufseherin Egara wurden ein klein wenig sanfter, und ich konnte erahnen, was für eine Schönheit sie wäre, wenn sie nur einmal lächeln würde. „Der Zuordnungsvorgang ist ein wahres Wunderwerk, Eva. Ich habe es viele Male mit eigenen Augen sehen können. Das ist der Grund, warum ich meine Bräute so stark beschütze. Die Krieger, die uns beschützen, die alles Leben in allen Koalitionswelten beschützen, haben Liebe verdient. Sie haben es verdient, wahres Glück zu finden. Und wenn jemand meine Krieger verarscht, dann finde ich das *nicht* amüsant." Diese letzte Aussage richtete sie an Agent Davidson, der den Anstand besaß, rot zu werden.

„Ich bitte um Entschuldigung. Ich habe Ihnen bereits gesagt: Ich schwöre, dass ich Ihr Programm nie wieder dazu verwenden werde, eine Braut zu verstecken. Sie haben mein Wort." Der FBI-Agent hob völlig ergeben die Hände. Ich hatte Agent Davidson vor zwei Wochen angerufen und ihm gesagt, dass ich zurück nach Trion wollte. Zuerst hatte er nicht verstanden, warum das mein Wunsch war. Ich war keine Gefangene und ich hatte bestimmt mehr gegeben als jeder andere Zeuge, dem er je zuvor geholfen hatte. Er verstand den Zuordnungsvorgang nicht, und würde das wohl auch nie. Obwohl ich mehr als einmal versucht hatte, ihm die Verbindung zu erklären, die ich zu Tark verspürte, hatte er mich dazu gezwungen, zwei volle Wochen zu warten *um es mir gut zu überlegen*, bevor er meiner Bitte nachkam.

Es waren zwei sehr lange Wochen des Wartens gewesen. Zu wissen, dass er mir helfen würde, auf Trion, und zu Tark, zurückzukehren, erfüllte mich mit höchster Vorfreude. Diesmal wusste ich, wohin ich kommen würde. Diesmal wusste ich, bei wem ich sein würde. Diesmal *wollte* ich gehen. Wenn Tark mich über den zeremoniellen Hocker legen und vor dem gesamten Rat ficken wollte, wäre mir das sogar egal. Nun, vielleicht nicht ganz. Aber es wäre ein Preis, den ich nur zu gerne dafür bezahlen würde, wieder in seinen Armen und in seinem Leben zu sein.

„Ich bitte Sie, Aufseherin Egara. Schicken Sie mich nach Hause." Ich flüsterte die Worte, während in meinem Bauch Schmetterlinge tanzten. Ich setzte mich wieder auf den Stuhl und wartete ungeduldig darauf, dass die Frau den Vorgang einleitete.

„Wir brauchen die Zuordnungstests nicht noch einmal durchzuführen, da sie bereits abgeschlossen sind. Allerdings verlangt es das Protokoll, dass ich Sie frage: wünschen Sie, Ihren zugeordneten Partner zurückzuweisen und zu einem anderen Krieger geschickt zu werden?"

Ich konnte mir ein Lächeln nicht verkneifen. „Ich entscheide mich dafür, meinen zugewiesenen Partner, den Obersten Ratsherren Tark von Trion, dauerhaft zu behalten."

Agent Davidson legte den Kopf schief und betrachtete mich eingehend. „Sie lieben ihn." Es war keine Frage, und er sagte es mit einer Spur von Ehrfurcht.

Ich nickte und antwortete: „Das tue ich. Ich kann mit voller Überzeugung bestätigen, Aufseherin Egara, dass Ihr Zuordnungsprogamm in der Tat äußerst gut ist."

Die Frau schwoll vor Stolz an, und ich konnte sehen, dass sie mir unbedingt ein paar Fragen über meine Zeit auf der anderen Welt stellen wollte, aber ihr Job ging vor. „Das freut mich zu hören." Sie blickte auf den Bildschirm, den sie in der Hand hielt, und wischte ein paar Mal darüber. „Sie sind für den Transport auf Trion bereit und sind dauerhaft dem Obersten Ratsherren Tark zugeordnet. Es sind keine weiteren Änderungen gestattet."

Ich grinste und hielt mich an den Armlehnen fest. Vorfreude, wie ich sie noch nie verspürt hatte, schoss mir durch die Adern. *Komm schon, Frau. Drück auf den verdammten Knopf.* „Nein. Es sind keine weiteren Änderungen gestattet."

„Auf Wiedersehen, Eva." Agent Davidson nickte mir ermutigend zu.

Aufseherin Egara schob den Abfertigungsstuhl auf die Wand zu, aber diesmal freute ich mich darauf, das kleine Zimmer vor mir auftauchen zu sehen. Ich begrüßte den Stich der Nadel in meinem Hals und das grelle blaue Licht, das bedeutete, dass ich auf Trion zurück reiste. Ich blickte zurück und traf Aufseherin Egaras Blick. „Vielen Dank."

Sie lächelte doch tatsächlich. „Ihr Transport beginnt in drei, zwei, eins."

„Und hiermit ist die Sitzung dieses Rates abgeschlossen. Wir werden uns in einem Jahr wieder versammeln. Bis dahin wünsche ich eine sichere Heimreise und Frieden in Ihrer Region."

Ich erhob mich, und so taten es auch die Männer vor mir. Auch wenn wir eine Woche miteinander verbracht und an der Tagesordnung gearbeitet hatten, standen die Ratsherren nun weiter beisammen und unterhielten sich. Ich wollte nichts anderes, als von diesem verdammten Außenposten Neun wegzukommen. Er war nur voller Erinnerungen an Eva. Ich sah sie, wo immer ich war. Und nun, da alle wussten, dass sie keine Mörderin war, sondern Heilerin, sprach mich jeder auf sie an und fragte nach ihr. Schließlich zwang ich Goran dazu, eine Benachrichtigung über Evas Rückkehr zur Erde zu veröffentlichen, damit ich es nicht wieder und wieder erklären musste.

Die Kommunikationsgeräte der Wachen gaben Warnsignale von sich. Alle erstarrten auf der Stelle und warteten auf Details über die Gefahr.

„Ein Transport, Oberster Ratsherr." Der Wachhauptmann kam auf mich zu, dann blickte er auf sein Gerät. „Ungeplant."

„Ursprungsort?", fragte ich. Obwohl uns die Wachen gegen Angriffe auf Trion selbst verteidigen konnten, war es weitaus schwerer, einen Außenposten gegen Angriffe direkt von einer anderen Welt zu verteidigen.

„Erde."

Der Mann blickte zu mir hoch, und ich wusste, was er sich dachte.

„Eva", raunte ich. „Das muss es sein."

„Keine Zuweisung ist von diesem Planeten gemeldet worden. Ich glaube, Sie haben recht."

„Wie lange?", fragte ich, bereits im Laufschritt zu der einzelnen Transportkapsel auf dem Außenposten unterwegs. Sie war nahe.

„Dreißig Sekunden." Die Wache rannte neben mir, der Rest hinterher.

Ich würde es in zehn schaffen. „Stellt eure Waffen auf Betäubung. Sollte es sich als meine Partnerin herausstellen, will ich nicht, dass sie zufällig erschossen wird."

Die Wache nickte, und ich sah die anderen an.

„Bleibt zurück", donnerte ich. „Niemand bewegt sich, bis wir den Transport bewertet haben."

Hoffnung quoll in meiner Brust, als ich im Zelt stehenblieb und auf die leere Stelle vor mir starrte. Langsam materialisierte sich ein Körper, und es war tatsächlich Eva. Sie lag wie schlafend über die dunkle schwarze Transportkapsel gebreitet, und sah... *Fark*, sie war das Wunderbarste, das ich je gesehen hatte.

Die beiden Wachen, die hinter mir eingetreten waren, traten zurück und steckten die Waffen weg. Ich kniete mich neben sie und hob sie in die Arme. Sie trug das Unterkleid und sonst nichts. Als ich sie an meine Brust gedrückt hielt, konnte ich die Ringe in ihren Nippeln spüren und die Edelsteine, die ich dort angebracht hatte, bevor sie zur Erde zurückgekehrt war.

Wie weich sie sich anfühlte, wie ihre

Haut duftete, wie seidig sich ihr Haar anfühlte. *Fark*, es war schwer zu glauben, dass sie in meinen Armen war. Ich dachte, ich würde sie nie wieder sehen und doch... wie war es ihr gelungen, zurückzukehren?

Ich trug sie zum Hauptzelt zurück, ungeduldig, die gute Nachricht zu verkünden. Ich war nicht sicher, was ich von den Versammelten erwarten sollte, aber anstatt Missgunst oder Feindseligkeit auf den Gesichtern der Ratsherren sah ich Freude und womöglich sogar Erstaunen über ihre Rückkehr.

Ich strich ihr das Haar aus dem Gesicht und sprach sie an, flüsterte ihr ins Ohr und wartete darauf, dass sie erwachte. Das letzte Mal hatte das Stunden gedauert, also musste ich davon ausgehen—

„Tark?", raunte sie und rührte sich in meinen Armen.

„Schh, *Gara*, ich hab dich."
Beim Klang meiner Stimme öffnete sie die Augen und starrte mich an. Ihr Körper war starr. „Tark!", sagte sie noch einmal, schlang die Arme um mich und drückte mich fest.

Auch wenn ich rund um uns herum die Leute flüstern hörte, lag mein Fokus alleine auf meiner Partnerin.

„Du bist zurückgekommen", flüsterte ich ihr ins Ohr.

Sie nickte an meiner Brust.

„Darf ich mich versichern, dass sie wohlauf ist, Oberster Ratsherr?", fragte Doktor Rohm, der respektvoll Abstand hielt.

„*Gara*, wirst du den Doktor überprüfen lassen, dass du nach dem Transport wohlauf bist?

Sie erstarrte. „Nicht noch eine Sonde."

„Nein. Keine Sonden. Ich werde dich die ganze Zeit über festhalten. Du bist für mich quer durch die Galaxis gereist, nicht nur einmal, sondern zweimal."

„Also gut."

Ich nickte kurz, und Doktor Rohm hielt einen Sensor hoch und führte ihn über ihren Körper. Er berührte sie nicht, sah sie nicht einmal an, nur die Anzeige auf dem medizinischen Gerät. Seine Augen wurden groß, dann machte er noch eine Runde und wandte sich danach an mich. Ich las die Anzeige, und mein Herz sprang mir in die Kehle. Ich war von Stolz erfüllt, und meine Brust schmerzte.

„*Gara*", brummte ich.

„Hmm", raunte sie.

„Du... du bist—" Die Worte blieben mir in der Kehle stecken.

„Ja."

Ich wollte diesen Moment, als ich erfuhr, dass meine Partnerin mein Kind trug, mit niemandem teilen. Zuerst musste ich mich einem Raum voller Ratsherren stellen, und danach würde ich sie für mich haben. Die Sitzungen waren vorüber. Wir würden Außenposten Neun verlassen, sobald sie stark genug für die Reise war. Nun, da sie ein Kind trug, wollte ich sie umso mehr in der Sicherheit des Palastes wissen.

„Mir geht es gut, Tark. Lass mich bitte aufstehen."

Vorsichtig setzte ich sie ab und hielt sie doch weiter besitzergreifend an der Taille fest. Sie lehnte ihren Kopf an meine Seite, und ich zwang mich dazu, meinen Blick von ihr abzuwenden und auf die anderen im Zelt zu sehen.

„Hohe Dame", sagte Ratsherr Roark und ging vor ihr in die Knie. Es war die traditionelle Geste des Respekts und der Ehrerbietung, wenn man seine Treue bekundete. Alle Ratsmitglieder hatten sie mir nach dem Tod meines Vaters erwiesen, und während meiner Amtseinführung.

„Hohe Dame", wiederholten die

anderen Mitglieder gemeinsam und knieten ebenfalls vor ihr nieder.

Eva blickte sie an, und dann zu mir hoch. „Sie erweisen dir ihren Respekt."

„Aber—"

„Wir sind erfreut über Ihre Rückkehr, hohe Dame."

Aufruhr am Zelteingang ließ sie alle herumwirbeln. Davish war mit Mara hereingetreten. Die Frau rannte auf das Podest zu und fiel ebenfalls auf die Knie.

„Es tut mir so leid, Eva—"

„Hohe Dame", berichtigte Roark.

Mara leckte sich über die Lippen und blickte reuig drein. „Hohe Dame, es tut mir so furchtbar leid, wie ich Sie behandelt habe. Ich stehe in Ihrer Schuld dafür, dass Sie mir das Leben gerettet haben." Mara klang reumütig, sah auch so aus, aber ich wusste, dass sie doppelzüngig sein konnte.

„Ich habe dich behandelt wie jede andere Person, hier auf Trion oder auf der

Erde. Ich hoffe, dass diese Schuld nicht der einzige Grund ist, warum du mir nun deine Freundschaft anbietest. Ich hoffe, dass jede Freundschaft aus freiem Willen geschenkt wird. Ich kenne nicht viele Frauen hier auf Trion, und ich werde Freunde brauchen, denen ich vertrauen kann."

Mara schien angesichts dieser Worte überrascht, aber ich verstand. Eva brauchte Leute, die sich um sie kümmerten, die aber auch wussten, wer sie wirklich war. Sie wollte nicht, dass Mara aus Dankbarkeit oder Schuld vor ihr kniete. Ein kleines Lächeln formte sich um Maras Mund, und zur Abwechslung schien es keine Bosheit in sich zu tragen. „Ja, hohe Dame, das hätte ich gerne."

„Dann musst du mich Eva nennen."

„Das reicht", sagte ich. „Ich nehme an, Ratsherr Bertok, dass eine weitere zeremonielle Besteigung nicht notwendig sein wird?" Da Eva bereits mein Kind trug, würde der perverse alte Bastard sein Vergnügen anderswo suchen müssen.

Der ältere Mann blickte zu Boden. „Nein, Oberster Ratsherr. Es besteht kein Zweifel, dass sie die rechtmäßige hohe Dame ist."

Ich nickte. „Gut. Da Doktor Rohm sie für den Transport freigegeben hat, werden meine Partnerin und ich Ihnen hiermit Lebewohl sagen. Ich wünsche allen eine sichere Heimkehr."

Viele der Versammelten murmelten zur Antwort, aber ich hob Eva in meine Arme und entfloh der Ansammlung, rannte geradezu in mein Zelt. Eva war zurückgekehrt, in ihrem Bauch mein Kind, und ich wollte sie für mich alleine haben. Für immer.

———

„Wie bist du zu mir zurückgekommen?",

fragte mich Tark, sobald er mich auf sein Bett gelegt hatte. Ich nahm seine Hand und zog ihn zu mir herunter, obwohl er zurücktreten wollte. Ich wollte den Abstand nicht. Ich wollte in seiner Nähe schwelgen, seinem Geruch. Ich wollte... alles.

Ich hatte mich wochenlang nach ihm gesehnt, während ich darauf warten musste, dass Agent Davidson meinen Transport in die Wege leitete. Während er neben mir saß, erzählte ich Tark alles über meine Zeit auf der Erde.

Ich erzitterte, als ich von der Verhandlung erzählte und wie es sich angefühlt hatte, in die Augen eines Mörders zu starren. Ich erzählte ihm, wie einsam ich ohne ihn gewesen war, und wie sie versucht hatten, mir ein unerfülltes, leeres Lebens im Zeugenschutzprogramm zu verpassen. Ich beschrieb ihm alle Einzelheiten meiner einsamen und gähnend leeren

Wohnung. Ich erzählte ihm von Aufseherin Egaras scheinbar endloser Liste von Fragen, während wir auf die DNS-Ergebnisse warteten, um meine Geschichte zu belegen.

Ich hatte ihr ehrlich geantwortet, besonders, als sie mich über meine Zuordnung zu Tark befragte. Ich wollte, dass alle wussten, dass das Zuordnungsprogramm des Bräute-Programms tatsächlich funktionierte. Ich stimmte sogar zu, eine kleine Werbebotschaft für das Programm zu filmen, bevor ich abreiste. Aufseherin Egara war dringend auf der Suche nach mehr Bräuten von der Erde, bevorzugt mehr Freiwillige, nicht nur Verbrecherinnen. Es war ihr ein besonderes Anliegen, dass die Krieger, die die Erde beschützten, wahres Glück und würdige Frauen zur Partnerin verdient hatten.

Als ich meinen Partner anblickte, war

ich vollkommen zufrieden mit allem, was ich während der Werbeaufnahme gesagt hatte. Ich hoffte, dass so manches Erdenmädchen sich auf die Chance einlassen würde, Liebe in einer anderen Welt zu finden.

„Wusstest du von dem Kind, als du... weggingst?" Er blickte auf meinen Körper, als wäre er ein zerbrechliches Stück Glas, womöglich besorgt darüber, dass er mir oder dem Baby schaden könnte.

„Nein. Erst, als sie mich für den Transport untersuchten." Ich stockte.

Er legte den Kopf schief, dann ging er vor mir auf die Knie.

„Beim ersten Mal ließ ich das Zuordnungsprogramm für mich entscheiden", sagte ich ihm. „Diesmal nannte ich dich, Oberster Ratsherr Tark von Trion, als meinen dauerhaften Partner. Keine Probezeit. Keine Abfertigung. Du wirst mich nie wieder los. Diesmal habe ich dich in Besitz genommen, Tark. Du gehörst auf ewig mir."

„Ach Eva", stöhnte er und zog mich für einen innigen Kuss an sich. Er war grob und hungrig und voller Hitze und Liebe, und ich brauchte das alles so, so sehr.

„Ich habe dich vermisst", murmelte er auf meinen Lippen. „*Fark*, es war, als würde mir das Herz aus der Brust gerissen, als du transportiert wurdest."

„Die Zeit läuft auf der Erde anders. Obwohl ich nur ein paar kurze Tage hier war, waren es auf der Erde vier Monate. Tark, wir waren wochenlang getrennt."

„Es war erst gestern", sagte er nachdenklich. „Das war lange genug."

„Es war Folter."

„Ach, *Gara*. Jetzt bist du ja hier, und ich schwöre, ich lasse dich nie wieder gehen."

„Was die zeremonielle Erstbesteigung

angeht", sagte ich und biss mir in die Lippe.

Er zog eine seiner dunklen Augenbrauen hoch und grinste.

„Ja?"

„Ich denke, da ich weg war und zurückgekommen bin, ist eine weitere angebracht."

„Willst du, dass ich Goran als Zeugen rufe? Den ganzen Rat?"

Ich schüttelte den Kopf und richtete mich auf die Knie auf, packte den Saum meines Unterkleides und zog es mir über den Kopf.

Ein Laut, der einem Knurren ähnelte, brach aus Tarks Brust hervor. Anstatt über mich herzufallen, wie ich es wohl erwartet hatte—ich wollte jedenfalls über ihn herfallen—kam seine Hand hervor und fuhr über den Stein an meinem linken Nippel.

„Deine Brüste sind größer. Ich hätte die Wahrheit über deine Schwangerschaft alleine dadurch erfahren, deinen Körper anzusehen."

Der Gedanke daran, dass der Mann meine Brüste so gut kannte, bestätigte mir unsere Zuordnung nur noch mehr. Dieser Gedankenstrom war schon bald unterbrochen, als er sie umfasste und mit seinen Daumen weiter über die nun empfindsamen Knospen strich.

„Es hat nicht funktioniert", sagte ich schmollend. Als er die Stirn runzelte, fügte ich hinzu: „Die Vibrationen."

„Du meinst das hier?" Er winkte mit seiner Hand vor meinen Brüsten herum, und die Steine fingen zu vibrieren an.

„Oh ja", rief ich und presste meine Brüste in seine Handflächen.

Er kniete auf dem Bett und zwang mich auf den Rücken, dann beugte er sich über mich. Er küsste mich lang und innig.

„Ich will dich ficken." Er drückte seinen Schwanz an meine Mitte. „Was ist mit dem Baby?"

„Du meinst, es könnte dem Baby schaden, wenn du mich fickst?"

Er sah so verunsichert aus, so verletzlich. Im Schlafzimmer hatte er das Sagen, aber im Moment hatte es das Baby. Er war vielleicht dominant und gebieterisch, fesselte mich und legte mich übers Knie, aber er würde mich niemals verletzen.

Ich konnte spüren, wie sehr er mich begehrte, konnte es in seinen Augen sehen, in seiner Stimme hören, in seinem Kuss spüren, aber er war bereit, für sein Kind Opfer zu bringen.

„Als Ärztin kann ich dir versichern, dass Ficken einem ungeborenen Kind nicht schaden kann." Ich rückte herum, und Tark ließ mich hoch. Ich griff nach seinem kleinen Kästchen neben dem Bett. Es war genau dort, wo es vor meiner Abreise gewesen war. Ich suchte das Spielzeug heraus, das ich wollte, und blickte ihn über die Schulter hinweg an.

„Oder du verwendest das hier." War ich zu forsch? Würde er von meiner Offenheit schockiert sein? Ich war für ihn quer durch die Galaxis gekommen. Jetzt würde ich bestimmt nichts mehr zurückhalten. „Vielleicht findest du es weniger besorgniserregend, mich dort zu nehmen."

Mit schmalen Augen blickte er meinen Rücken entlang und landete auf meinem Po.

„Du willst, dass ich dich in den Hintern ficke, *Gara*?"

Beim Gedanken daran wurden meine Nippel noch härter. Ich konnte die Nässe zwischen meinen Beinen spüren, und meine Schenkel waren schon ganz nass davon.

„Vielleicht nicht gleich, aber du kannst mich vorbereiten."

Seine Augen wurden unwahrscheinlich schwarz, und sein Kiefer spannte sich an. Ich konnte sehen, wie sein Schwanz sich gegen seine Hosen drückte. Er stellte sich neben das Bett und zog sich aus. „Hol das Öl heraus", befahl er.

Mit begierigen Fingern griff ich wieder in das Kästchen und holte ein Fläschchen des nach Mandeln duftenden Öls heraus. Ich goss ein wenig davon auf meine Finger und setzte den Behälter neben dem Spielzeug aufs Bett.

Ich rieb meine Finger aneinander und wärmte es so auf. Der Geruch, den ich so zu lieben gelernt hatte, von dem ich geradezu besessen war, stieg mir in die Nase. Mandeln. Ich benetzte erst einen Nippel, dann den anderen, mit der glänzenden Flüssigkeit. Tark stockte und starrte mich einfach nur an, beobachtete meine Finger.

„Ich habe von diesem Duft geträumt, während ich fort war", sagte ich.

Tark packte mich an den Hüften und warf mich auf den Rücken. Er spreizte meine Schenkel und ließ sich dazwischen nieder. Sein Atem hauchte über meine Pussy. „Von diesem Geruch, diesem Geschmack, habe ich geträumt, während du fort warst."

Er senkte den Kopf, setzte seinen Mund an mir an, und brachte mich zum Kommen. Es dauerte nicht lange, denn ich war hungrig nach einem von Tark herbeigeführten Orgasmus, und er war unersättlich.

Ich lag schweißgebadet und schlaff da, mit weit gespreizten Beinen, meine Finger in seinem dunklen Haar verheddert. Ich hatte keine Scham, keine zurückhaltende Faser mehr in meinem Körper. Er kam zu mir hoch und gab mir einen zarten Kuss auf den noch flachen Bauch.

Er legte den Kopf schief. „Dreh dich herum, Eva."

Freudig kam ich dem nach. Er legte mir eine Hand um die Taille und zog mich hoch, bis mein Hintern hochgestreckt und direkt vor ihm war. Er griff nach dem Ölfläschchen, spreizte meine Backen, und ich spürte das langsame, warme Gleiten, als ein Tropfen nach den anderen in meinen Anus rann. Mit seinem Daumen umkreiste er langsam und vorsichtig mein Loch, mich währenddessen aufmerksam beobachtend.

„Diesmal gehe ich nicht fort", sagte ich.

Sein Daumen hielt an, aber bewegte sich nicht weg. Ich bewegte mich unter seiner Hand, um ihn zum Weitermachen zu ermuntern. Ich fasste hoch und berührte eine Stelle hinter meinem Ohr. Dort befand sich nun eine kleine Kerbe in meinem Schädelknochen, wo zuvor das Transportmodul angebracht war. „Siehst du, es ist nicht da, Tark. Es ist fort. Ich gehe nicht zurück zur Erde. Niemals."

Einen flimmernden Moment lang sah ich Schmerz in seinem Gesicht, aber als ich mich ihm wieder entgegenpresste, wich dies einem Blick, der so feurig war, dass ich nach Luft schnappte.

Seine Hand hob sich und schlug dann auf meinen Po. Ich zuckte beim Aufprall zusammen. „Tark!"

„Ich war so sauer." Er schlug nun ernsthaft zu, erst auf einer Seite, dann der anderen. Es waren nicht die kräftigsten Hiebe, die er mir verpasste hatte, aber es war ziemlich nahe dran. Ich blieb auf den Unterarmen und hielt still, ließ ihn den aufgestauten Frust abbauen. Auch ich brauchte diese grobe Behandlung, brauchte den Fokus, den die Hiebe mir brachten. Ich genoss seine Aufmerksamkeit, spürte jeden stechenden Schlag und dachte nur an den nächsten. Die Hiebe hielten nicht lange an, und als er fertig war, umfasste er mit beiden Händen meinen Po und streichelte die warme Haut. Ich spürte, wie meine Pussy vor Sehnsucht tropfte.

Ich blickte ihn über die Schulter hinweg an und sagte: „Du hast mich dafür bestraft, dass ich fortgegangen bin, Meister. Wie wirst du mich dafür belohnen, dass ich zurückgekommen bin?"

Seine Augen wurden schmal, und er spannte sein Kiefer an. Er hielt das Spielzeug mit den größer werdenden Kugeln hoch.

„Hiermit." Er legte mir das Spielzeug auf den Rücken, wie er es vor meiner Abreise mit dem U-Teil getan hatte, und packte dann seinen Schwanz und streichelte darüber. Klare Flüssigkeit trat aus seiner Spitze hervor. Ich leckte mir die Lippen, wollte es schmecken. Ich hatte keine Gelegenheit dazu gehabt—noch nicht—, aber wir hatten den Rest unseres Lebens Zeit.

Er hob das Ölfläschchen hoch, legte seine Öffnung an meinen Anus und führte es vorsichtig ein. Ich spürte, wie das warme Öl mich füllte, tiefer und tiefer. Als er fertig war, warf er den leeren Behälter zur Seite und hob das Spielzeug auf, benetzte es mit Öl von seiner Hand, bevor er es an meinen Anus drückte.

„Entspann dich, *Gara*. Braves Mädchen." Er war zärtlich und doch konsequent, doch mein Körper wehrte sich genauso. Ich war es nicht gewohnt, dass mich dort etwas dehnte, und ich verkrampfte mich. Er versuchte es wieder und wieder, aber es war zu viel.

Ich stöhnte schwer und hatte mein Gesicht in den Decken vergraben. Tark stellte seine Versuche ein, das Spielzeug in mich einzuarbeiten, und lehnte es an mich. Und dann aktivierte er es.

„Wie steht's hiermit?"

Natürlich vibrierte das verdammte Ding. *Alles* auf Trion vibrierte... und ich mochte alles davon.

Ich stöhnte bei der Empfindung auf, die Echos des Gerätes wogten durch meinen Körper, erweckten jedes Nervenende zum Leben. Es vermischte sich mit der schmerzenden Wärme, die von meinem geschlagenen Hintern ausströmte. Ich entspannte mich, und Tark schob das Spielzeug ein, bis die erste Kugel in mir verschwunden war. Das Gefühl war befremdlich, aufregend und so unanständig, dass meine Pussy natürlich nur noch nasser wurde. Ich hechelte nun geradezu, drückte den Rücken durch und blickte über die Schulter zu Tark. Ich wollte auch ihn in mir. Jetzt gleich.

Er drückte meine Schenkel weit auseinander, öffnete mich weit. „Du bist so feucht, *Gara*. Mein Schwanz schmerzt danach, in dir zu sein."

Ich schrie auf, als ich seine Finger in meiner Pussy spürte und das Vibrieren an der Spitze des Spielzeugs in meinem Hintern. Während er mich weiter streichelte, arbeitete er das Spielzeug immer weiter in mich hinein, bis es vollständig versenkt war. Tark zog kurz daran, um sicherzustellen, dass es gut saß, bevor er mich auf den Rücken warf.

„Tark!", schrie ich, als der Ansatz des Teils in mich stieß.

„Ich denke, das Wort, das ich von deinem Schmollmund hören sollte, ist Meister."

Mit seinen Knien drückte er meine noch weiter auseinander, ließ sich in der Wiege meiner Hüften nieder und stupste mit seinem Schwanz gegen meine Pussy.

„Hast du mit dir selbst gespielt, während du fort warst?" Er drückte sich vor, spreizte mich weit, dehnte mich auf.

Meine Augen fielen zu, und ich stöhnte.

„Hast du?", wiederholte er, seine Stimme grob wie Felsbrocken.

„Ja!", schrie ich, denn er zog sich zurück und stieß kräftig zu, mich endlich so ausfüllend, wie ich es brauchte.

Er tadelte mich. „Ich dachte, deine Lust gehört mir, *Gara*."

„Das tut sie", stöhnte ich. „Ich konnte nicht kommen. Ich konnte ohne dich nicht kommen. Ich habe an dich gedacht. An das hier, an deinen Schwanz in mir, und ich habe es versucht, aber nichts hat funktioniert. Oh Gott, es ist so gut."

Ich war noch nie zuvor so gefüllt gewesen. Die Kombination aus dem Spielzeug und Tarks riesigem Schwanz reichte aus, um mich mit nur wenigen Stößen an den Rand und dann darüber hinaus zu bringen. Ich war schon viel zu lange unerfüllt gewesen.

Er raunte mir zu, während ich kam, erzählte mir, wie schön ich war, wie sehr mein Anblick, wenn ich kam, ihn selbst dem Gipfel näherbrachte.

Sobald der feurige Genuss abgeklungen war, sagte er: „Ich kann nicht länger warten. *Fark*, die Vibrationen sind zu viel für mich. Du bist zu viel für mich." Er beugte sich herunter und küsste meinen Hals, leckte über die schweißnasse Haut dort, rieb seine Brust über meine empfindlichen Nippel.

Seine Hüften bewegten sich schneller und hektischer. Ich würde noch einmal kommen, so, wie er bei jedem Stoß auf meinen Kitzler traf. „Tark, Meister... bitte!"

„Einer noch, Eva. Wir kommen zusammen."

Als er mich am Hintern packte, spürte ich den Schmerz seiner Hände auf meiner wunden Haut. Er hob mich hoch und stieß kräftig zu, rieb an einer Stelle in mir, die mich zum Kommen brachte. Tark stöhnte, als ich seinen Schwanz molk und drückte. Sein Schrei klang laut in meinem Ohr, aber es war mir egal. Er war schwer auf mir, aber ich schwelgte in seinem Gewicht. Ich fühlte mich sicher und geschützt unter ihm, und völlig geliebt.

Er hob die Hand, und die Vibrationen in meinem Hintern und an meinen

Nippeln verklangen. Ich würde lernen müssen, wie er das machte. Es war wie Magie. Es fühlte sich magisch an, diese Verbindung zwischen uns.

Als Tark sich genug erholt hatte, um sich herauszuziehen, floss sein Samen aus mir. Er fuhr mit dem Finger durch die klebrige Substanz, als er das Spielzeug aus mir zog. Ich atmete bei dem Gefühl auf, aber es fehlte mir, als es fort war.

„Du gehörst mir, *Gara*."

Er senkte den Kopf und küsste mich. Genoss mich. Schmeckte mich.

Er hob den Kopf und begegnete meinem Blick. Ich strich ihm eine Haarsträhne von der Stirn und sah zu, wie sie wieder zurückfiel.

„Und du gehörst mir. Tark. Oberster Ratsherr. *Meister*."

An einen Partner vergeben

Lies als Von ihren Partnern beherrscht nächstes!

Leah befindet sich in den Fängen eines mächtigen Mannes, der es nur darauf abgesehen hat, sie für ihre Kühnheit und ihren Mut zu bestrafen. Um ihm zu entkommen bleibt ihr keine andere Wahl, als sich für das Programm der interstellaren Bräute zu melden. Leah wird auf den Planeten Viken entsendet und muss bei ihrer Ankunft entsetzt feststellen, dass sie nicht nur einem riesigen, gutaussehenden Krieger zugeteilt wurde, sondern gleich dreien davon.

Drogan, Tor, und Lev wurden als identische Drillinge in die königliche Familie der Viken geboren. Nach ihrer Geburt wurden sie getrennt, um mit diesem letzten, verzweifelten Versuch einen verhängnisvollen Krieg zu verhindern. Seitdem herrscht auf dem Planeten ein zerbrechlicher Frieden, bis aus den Tiefen des Weltalls eine neue, schreckliche Bedrohung auftaucht, die den drei Brüdern nur eine einzige Möglichkeit lässt, um ihr Volk vor dem Schlimmsten zu bewahren. Sie benötigen eine Partnerin, die ihnen so bald wie möglich einen Thronfolger schenkt.

Obwohl sie absolut nicht damit gerechnet hatte, plötzlich drei Männern zu gehören, gelingt es Leah nicht, ihre außerordentliche Erregung zu verstecken als die Brüder ihr zeigen was es bedeutet, den Kriegern der Viken unterworfen zu werden. Es dauert nicht lange, bis ihr Widerwille, sich komplett ihren dominanten Ehemännern zu ergeben mit einer ordentlichen Runde Hintern versohlen endet. Aber selbst diese erniedrigende Bestrafung vergrößert nur Leahs Verlangen. Wird sie den

Bedürfnissen ihres Körpers widerstehen und damit ihre Zukunft und die Zukunft des gesamten Planeten aufs Spiel setzen. Oder wird sie sich unterwerfen und sich von ihren Partnern vollständig beherrschen lassen?

Lies als Von ihren Partnern beherrscht nächstes!

WILLKOMMENSGESCHENK!

TRAGE DICH FÜR MEINEN NEWSLETTER EIN, UM LESEPROBEN, VORSCHAUEN UND EIN WILLKOMMENSGESCHENK ZU ERHALTEN!

http://kostenlosescifiromantik.com

INTERSTELLARE BRÄUTE® PROGRAMM

*D*EIN Partner ist irgendwo da draußen. Mach noch heute den Test und finde deinen perfekten Partner. Bist du bereit für einen sexy Alienpartner (oder zwei)?

Melde dich jetzt freiwillig!
interstellarebraut.com

An einen Partner vergeben

BÜCHER VON GRACE GOODWIN

Interstellare Bräute® Programm

Im Griff ihrer Partner

An einen Partner vergeben

Von ihren Partnern beherrscht

Den Kriegern hingegeben

Von ihren Partnern entführt

Mit dem Biest verpartnert

Den Vikens hingegeben

Vom Biest gebändigt

Geschwängert vom Partner: ihr heimliches Baby

Im Paarungsfieber

Ihre Partner, die Viken

Kampf um ihre Partnerin

Ihre skrupellosen Partner

Von den Viken erobert

Die Gefährtin des Commanders

Ihr perfektes Match

Die Gejagte

Interstellare Bräute® Programm: Die Kolonie

Den Cyborgs ausgeliefert

Gespielin der Cyborgs

Verführung der Cyborgs

Ihr Cyborg-Biest

Cyborg-Fieber

Mein Cyborg, der Rebell

Cyborg-Daddy wider Wissen

Interstellare Bräute® Programm: Die Jungfrauen

Mit einem Alien verpartnert

Seine unschuldige Partnerin

Die Eroberung seiner Jungfrau

Seine unschuldige Braut

Zusätzliche Bücher

Die eroberte Braut (Bridgewater Ménage)

ALSO BY GRACE GOODWIN

Interstellar Brides® Program

Mastered by Her Mates

Assigned a Mate

Mated to the Warriors

Claimed by Her Mates

Taken by Her Mates

Mated to the Beast

Tamed by the Beast

Mated to the Vikens

Her Mate's Secret Baby

Mating Fever

Her Viken Mates

Fighting For Their Mate

Her Rogue Mates

Claimed By The Vikens

The Commanders' Mate

Matched and Mated

Hunted

Viken Command

The Rebel and the Rogue

Interstellar Brides® Program: The Colony

Surrender to the Cyborgs

Mated to the Cyborgs

Cyborg Seduction

Her Cyborg Beast

Cyborg Fever

Rogue Cyborg

Cyborg's Secret Baby

Interstellar Brides® Program: The Virgins

The Alien's Mate

Claiming His Virgin

His Virgin Mate

His Virgin Bride

Interstellar Brides® Program: Ascension Saga

Ascension Saga, book 1

Ascension Saga, book 2

Ascension Saga, book 3

Trinity: Ascension Saga - Volume 1

Ascension Saga, book 4

Ascension Saga, book 5

Ascension Saga, book 6

Faith: Ascension Saga - Volume 2

Ascension Saga, book 7

Ascension Saga, book 8

Ascension Saga, book 9

Destiny: Ascension Saga - Volume 3

Other Books

Their Conquered Bride

Wild Wolf Claiming: A Howl's Romance

HOLE DIR JETZT DEUTSCHE BÜCHER VON GRACE GOODWIN!

Du kannst sie bei folgenden Händlern kaufen:

Amazon.de
iBooks
Weltbild.de
Thalia.de
Bücher.de
eBook.de
Hugendubel.de
Mayersche.de
Buch.de

Hole dir jetzt deutsche Bücher von Grace Goodwin!

Bol.de
Osiander.de
Kobo
Google
Barnes & Noble

GRACE GOODWIN LINKS

Du kannst mit Grace Goodwin über ihre Website, ihrer Facebook-Seite, ihren Twitter-Account und ihr Goodreads-Profil mit den folgenden Links in Kontakt bleiben:

Web:
https://gracegoodwin.com

Facebook:
https://www.facebook.com/profile.php?id=100011365683986

Twitter:
https://twitter.com/luvgracegoodwin

ÜBER DIE AUTORIN

Hier kannst Du Dich auf meiner Liste für deutsche VIP-Leser anmelden: **https://goo.gl/6Btjpy**

Möchtest Du Mitglied meines nicht ganz so geheimen Sci-Fi-Squads werden? Du erhältst exklusive Leseproben, Buchcover und erste Einblicke in meine neuesten Werke. In unserer geschlossenen Facebook-Gruppe teilen wir Bilder und interessante News (auf Englisch). Hier kannst Du Dich anmelden: http://bit.ly/SciFiSquad

Alle Bücher von Grace können als eigenständige Romane gelesen werden. Die Liebesgeschichten kommen ganz ohne Fremdgehen aus, denn Grace schreibt über Alpha-Männer und nicht

Alpha-Arschlöcher. (Du verstehst sicher, was damit gemeint ist.) Aber Vorsicht! Ihre Helden sind heiße Typen und ihre Liebesszenen sind noch heißer. Du bist also gewarnt...

Über Grace:
Grace Goodwin ist eine internationale Bestsellerautorin von Science-Fiction und paranormalen Liebesromanen. Grace ist davon überzeugt, dass jede Frau, egal ob im Schlafzimmer oder anderswo wie eine Prinzessin behandelt werden sollte. Am liebsten schreibt sie Romane, in denen Männer ihre Partnerinnen zu verwöhnen wissen, sie umsorgen und beschützen. Grace hasst den Winter und liebt die Berge (ja, das ist problematisch) und sie wünscht sich, sie könnte ihre Geschichten einfach downloaden, anstatt sie zwanghaft niederzuschreiben. Grace lebt im Westen der USA und ist professionelle

Autorin, eifrige Leserin und bekennender Koffein-Junkie.

https://gracegoodwin.com

www.ingramcontent.com/pod-product-compliance
Lightning Source LLC
LaVergne TN
LVHW011756060526
838200LV00053B/3608